印象 鄱阳湖

陈建功 缪俊杰
王必胜 等著

人民出版社

出 版 前 言

2018 年初冬时节，近 20 名文学界、新闻界的文章大家、笔墨高手，本着文学初心和时代使命，举行了一次鄱阳湖采风行。这部著作所收选的，就是彰显在他们笔下的真切、真实的感触、感知和感悟。

鄱阳湖是中国的第一大淡水湖。鄱阳湖以丰富的自然资源和水土活力，无私地养育着一代代勤劳善良的鄱湖儿女。然而，由于历史条件和时代局限的原因，鄱阳湖地区曾经长期是一个贫穷落后的"老区"。新中国成立 70 多年来，特别是改革开放 40 多年来，鄱阳湖地区发生了翻天覆地的变化。现在，在中央的关怀支持下，鄱阳湖地区已经是生机勃勃的国家级经济开发区。

因之，作家、记者们心受时代之号召，满怀激情地来到了这里权作鄱阳湖采风行。他们此行，选择了很有地域代表性的余干县为目的地。他们不辞劳累，早出晚归，参访了余干的扶贫脱贫典型，考察了余干的新农村建设，游览了余干的旅游文化景区。作家、记者们踏上这块土地之后，目不暇接，大开眼界，惊呼"老区"不老。这里的时代变化，这里的人文文化，触动了作家，感动了记者，毫无疑义，所闻所见都已涌现在他们的笔下。

《印象鄱阳湖》的可贵之处，在于真。写自己所看到的，写自己所听到的，当然是真的。其中，或有思想高度，或有精神亮度，或有情感深度，或有信息广度，或有阅读力度。诸如，陈建功的散文，王必胜的随笔，缪俊杰的诗赋，以及杨正泉和武家奉的见闻录等，都是来自"脚窝里"的文字符号，都是见人见物见情见理之作。

《印象鄱阳湖》的出版发行，无疑是对采风行这种文学活动形式的肯定和促进。当然，由于时间紧迫，不难看出，作家、记者们的笔下，难免也留下了一些遗憾和欠缺。采风行是文学活动的一种好形式，但要更真实地、真切地了解时代、了解人民，文化工匠们都有必要"沉下去"落地生根。文学之根、文化之根，永远都在时代之大潮里，永远都在人民的生活中。

2019 年 12 月

目 录
contents

散 记 /001

佘干一日　　陈建功 /003

初读余干　　李炳银 /010

鄱阳湖畔枝叶园　　缪俊杰 /020

余干走笔　王必胜 /025

湖·鸟·鱼　　徐 坤 /037

观水　彭 程 /044

在河之干，望见希望的田野　　金 涛 /052

见 闻 /059

干越故事似水流　　杨正泉 /061

一枝一叶总关情　　武家奉 /069

余干品辣　董宏君 /073

江豚湾的笑靥　柳易江 /078

诗意枝叶园　　李春林　/087

鄱湖明朝更风流　　伍　飞　/095

鉴古烁今余干行　　秦文晴　/101

千年古樟状元树　　天　郊　/106

乌泥记行　　李春林　/113

千年古樟记　　春　天　/119

诗　词　/123

余干赋　　缪俊杰　/125

枝叶园记　　郑伯权　/127

枝叶园老人歌　　天郊搜集整理　/129

鄱阳湖二首　　李春林　/131

附　录　/133

　　大有看头　大有想头　大有写头　　　朱昌勤 /135
　　　　——鄱阳湖采风行纪实
　　别开生面的座谈会　　　史　俊　张向飞 /140
　　鄱阳湖畔看"鸬鹚捕鱼"　　徐黎明 /149

后　记 /154

印象鄱阳湖

散　记

余干一日

初读余干

鄱阳湖畔枝叶园

余干走笔

湖·鸟·鱼

观水

在河之干，望见希望的田野

余 干 一 日

陈建功

"一枝一叶"虽是千古名言，

今天依然唱响在人们心间；

有情有义有明德的时代，

更将是"枝叶"茂荣的画卷。

几位做文学的老朋友，应邀到江西余干县走走。张罗的人，是江西约著名报人加诗人朱昌勤。时值 2018 年岁末，屈指一算，朱公已届 80 高龄，电话里却意气扬扬，冲我喊，余干的蓼子花花海见过没？余干的江豚湾到过没？康山的忠臣庙知道不？……江西，不敢说有多熟悉，但走过的地方是不少的。"庐山国际写作营"、"滕王阁笔会"、"明月山笔会"，等等，也曾到过瑞金、于都、会昌……一直翻越了大庾岭，直到广东的韶关。还到过龙虎山"泛槎泸溪河"，到过三清山叹赏"万笏朝天"……江西之美，应已领略不少。余干，恰恰是没去过的。难挨这诱惑，更难挨这老朋友的盛情，借南下参加一次文学颁奖的机会，匆匆到余干走访了一天。

　　这一天，细雨飘飞。我们乘车到康郎山下，听专家指点朱元璋陈友谅鄱阳大战的古战场；到江豚湾上，看到了难得一见的江豚；和康山垦殖场的领导漫步于康山大堤，看大堤两侧盛开的蓼子花。鄱阳湖湿地如大草原一般延伸向湖水与天际的交汇处。紫红色的花海与一团团一块块墨绿如堆的草甸相盘绕，铺排开去，真是接天的绚烂。那花草之下，时有莹莹的湖水蜿蜒闪烁，使这绚烂和宏阔里，又透着隐忍与婉约。想起有位江西同学曾向我炫耀，说杨万里"接天莲叶无穷碧，映日荷花别样红"所赞的西湖，或也难比蓼子花花海装点的鄱阳湖呢。

　　这一天，印象最深的，却是吴官正的家乡乌泥镇。

　　我知道吴官正是江西人，到了余干才想起这是他的家

乡。闲话中，问主人可否领我去看乌泥镇。不是因为他做过的"官"大，而是因为读过他写的书。

其实在十六大之前我就知道吴官正了。那时他在山东省委书记任上。我那时正和山东作协的党组书记卢德志在中央党校学习。某日，刚刚回山东参加了省作家协会换届的卢德志告诉我：换届后，吴官正接见了山东作协新当选的主席们，他妙借《围城》里的幽默，说：你们现在是猴子上树了，爬得高是好事，但爬高了，猴子的屁股就露出来了。若是翘起了尾巴，就更糟啦……记得我对卢德志感慨道：有趣的人能当官儿，不容易。更难得的是，当了官儿，依然有趣。

大约也就是两三个月之后吧，吴官正奉调进了中央，十六大当选了常委，出任中纪委书记。

吴官正的《闲来笔潭》，是他从领导核心退下来以后撰写的散文、小说、随笔的合集，承蒙出版社的朋友送我一本，读得我敬意和感慨油然而生。

此人不仅有趣，而且有情、有义。

《闲来笔潭》平实素朴，真情流淌，人生慨叹，明心见性，涉猎广泛，幽默达观。其中一辑专门回顾少年时代的贫寒和求学的辛酸，那故事应不输给"断齑划粥""囊萤映雪"之类。他说自己第一次尝到的美味，是母亲偷偷从地上捡起的、被富人的孩子不留神扣到地上的"粉蒸肉"；因为向往读书，他曾在教室的窗外偷听老师讲课，待学生们下课出来便得意扬扬地背诵。最终，他拿父亲的长裤扎起裤脚，偷偷装上家中仅有的几升米到学校交学费。父亲无奈地问，你搭上咱全家的口粮也要去读，以后能当上个小学教员么？他讲述亲历的世态炎凉——母亲从亲戚家赊了一只猪崽，一时还不上钱，那亲戚的"当家人"竟登门冷言相讥。父亲闻之大怒，命令母亲立即去将那赊来的猪崽送还。年仅12岁的他，与母亲为伴，牵着那猪崽，顶着寒冷的秋雨，走了大半夜，来到那亲戚家时，已是清晨……激励这少年奋发的，更有相濡以沫相嘘以暖的关爱与深情。他回忆他的几位老师，如何在他最困难时解囊相助，怎样鼓励他读高中、读清华。他感慨妻子张锦裳，为了支持他到清华读书，毅然嫁给他，甘心在家乡做一个教员，养家糊口侍候公婆。据张锦裳回忆，有一次眼见天气转凉，她想到在北京的丈夫，就跟婆婆要布票，说想做件棉袄给官正捎去。没想到婆婆说："要是给你自己做，就拿去，要是给官正做，就不用啦。官正在北京，在毛主席身边，还会冻着他？"……吴官正在书中坦言，自认为是个有情有义的人，尤其懂得知恩图报。他感慨自己不能报答母亲、姐姐和恩师于万一，哪怕让逝去的他们知道，现在的生活已经过得很好，也足令自己宽慰。亲情之念、感恩之心溢于言表。他纠结于私情和公义之间那段带着内疚的告白，更为真实感人——他说自己担任领导职务后，拒绝了好几个亲戚的请托，有的还是曾经有恩于他的人。有一次因为拒绝自己姐姐求助，使姐姐不欢而去，从此不再见面。他感叹道："……这件事，想起来就痛苦，当领导的有时也可怜，亲戚有难处，心里同情，但像他们这样困难的，甚至更困难的还有啊！我是公职人员，又是领导干部，哪能关亲顾友？"

有些境界并不靠皇皇大言来呈现，这坦陈的"痛苦"和

"可怜"，或许更实实在在地凸显一个人的魅力。

那天下午，主人陪我来到了乌泥镇。乌泥镇辖 4 个行政村，吴官正的家在乌泥村。现在就是乌泥镇的驻地。行色匆匆，我们也只能到乌泥村南端的枝叶园走走。我知道，"枝叶园"得名于郑板桥题竹诗"些小吾曹州县吏，一枝一叶总关情"。乌泥镇的领导介绍，"秀美乡村"是乌泥镇近年的追求目标，"枝叶园"所处，曾是碎石遍布杂草丛生的荒滩，经过整治，已经成为群众休闲的乐园，乡间旅游的景点。

沿着平整的石板路走进枝叶园，一侧莲荷田田，碧水盈盈，有堤横际，小亭凸起，倒影相映，水波不兴。一侧茂林修竹，草木茵茵，时见古人咏竹名句，刻于石上，闪现在婆娑竹影之中。远远看去，一栋栋簇新的小楼坐落于竹林后面，以蓝天为衬，显出了幽雅与洁净。镇领导指着路边两棵遮天蔽日的老树，告诉我，这就是吴官正的书里提到过的那两棵百年樟树。是的，那书里写到，村西口老樟树遮罩的空地，是附近村庄行人的必经之地，也是乡民集会的场所。那夜，他牵拉着猪崽，跟着母亲赶夜路走到这里，忽想起不久前曾有人在这里被枪毙，吓得魂飞魄散，不敢前行。母亲安慰他，说不要怕不要怕，就是有鬼，也不会害我们这样的穷人的！……两棵老樟树，应是这个贫寒少年自尊与自强之路的重要起点吧。

镇领导谦虚而谨慎，说，就算有了一些秀美乡村的雏形，乌泥镇还有待努力。他毫不隐讳地告诉我说，全镇 2693 户 11090 人，其中，还有贫困户 318 户 1159 人。有因病致贫的、因残致贫的、缺技术致贫、缺劳力致贫、缺资金

致贫、自身发展动力不足致贫等等。他一一告诉我户数和人
数，又一一告诉我，镇里和村里怎样用不同的方式，一一覆
盖这些帮扶的对象。

听着听着，我忽然很为这几位年轻的领导者而感动。

分别时，另一个年轻人开来一辆车，送我到南昌。

闲聊中知道，他也是乌泥镇领导班子的成员。他不断地

乌泥状元树

道歉，说迟到了几分钟。我说没关系，听你们镇长讲扶贫，在感动呢。

他说，其实他也是因为联系的一个扶贫户家里出了一点事，绊住了，才迟到的。

一路都在聊那家人的故事。

我问，每个领导都要联系几家贫困户吗？他说，当然，就跟自家的兄弟一样，有啥都要帮的。

忽然觉得，郑板桥那"一枝一叶"，固然是千古名句，但还是难以概括这些年轻的领导者的情怀。

（作者系中国作家协会第九届全国委员会副主席）

初 读 余 干

李炳银

读余干会有很多感悟，
感自然之长久神奇，
感人世之苦难纷争，
感世事之动荡更新。

没有到江西余干县的时候，不知道余干县。还以为毛泽东在 1958 年写的诗词《送瘟神》中说的"余江县"就是余干县。可来到了余干县，方知这是个误会。迄今还不知余江县在哪儿，可已经知道余干县真不是余江县。说这些有点绕口令的话引人发笑，但这却是我认识余干县的开始！

余干县，古称干越，秦时置县，迄今已有 2200 多年的历史，是江西 18 个古县之一。余干在鄱阳湖的东南岸，从地理位置和环境看，也应是个鱼米之乡。宋代诗人王十朋有诗云："干越亭前晚风起，吹入鄱湖三百里。晚来一雨洗新秋，身在江东图画里。"这首诗写的就是余干的风光。对这样古老的地方，却几乎不知，是为寡闻矣！戊戌年的深秋时节，与陈建功、缪俊杰、王必胜、彭程、徐坤诸友结伴，去了余干，虽然是行色匆匆，只到了很少的几个地方，走马观花，但对余干留下了不少很好的印象。

余干最大的财富，或许可以说是鄱阳湖。所以水成为了余干的重要构成特点。这里有宽阔的湖面，可以供人们捕鱼捉蟹，谋生嬉水。在日光普照的天气，湖上微风吹拂，船帆点点，渔歌唱晚，那是非常迷人的风景。当然也会遭遇灾难，经受侵害。像雨季偶尔的漫灌，难以根除的血吸虫伤害等。曾在江西任职省长的吴官正回忆 1992 年鄱阳湖发大水的情形时说：当时"成朱联圩出现重大险情，急忙乘船前往，路上听说朱港破堤了，那里可关有 4000 多犯人啊。我赶到决口处，劳改局的领导在堤上等我。我刚走下跳板，那位主要负责同志就'扑通'跪在地上，说：'省长，我有罪，没有保住堤，犯人也没有办法转移，你撤了我吧！'我赶忙一步跨过去，拉他起来，拍着他的肩膀说：'你们抢险是尽了力的，现在必须振作起来，成新农场的堤还没有倒，要千方百计保住。现在别人也没有办法帮你们，我也派不了船帮你运犯人，要靠农场的干警，要调动犯人的积极性。'接着我问他：'圈里有没有猪？'他回答'还有'。我说：'第一，把猪都杀了，让犯人吃饱，有病的给治病，不要累死人；第二，你们干警划分责任，每人包一段，检查"泡泉"，发现了及时处理；第三，给犯人宣布政策，在抗洪中表现好的可以依法减刑、假释。'"后来，在这些现场决策落实之后，成新农场的大堤保住了，对犯人也兑现了政策。"常在河边走，哪有不湿鞋？"余干与水的这种难以分离的关系是一种天生的存在，生于斯长于斯，就必须接受这些或喜或悲的遭遇。

几百平方公里的鄱阳湖水面，既滋养了这块土地上的人们，也滋养和成全着这块土地的历史。在沿着康山大堤走了一段路之后，来到一处湖边竖有"江豚湾"字样碑石的地方。据说，这里是观看江豚最好的地方。江豚如今是稀有保护动物，唯这里水深，温度、食料合适，所以聚集较多。最好的观赏时间是每年的3月，那时会有近百头的江豚在湖面上游动翻滚，水波荡漾，场面蔚为壮观。可惜我们来时，正值枯水期，水浅，只看见一只江豚的脊背一现而再无踪影了。

从这里出发，走不远，来到了一处名为"忠臣庙"景区的地方。这里是以元朝末年朱元璋在鄱阳湖与陈友谅大战并获取重大胜利，一举而奠基称王为历史背景新建的旅游景点。

元末，群雄割据，以陈友谅的势力最大。陈友谅本是湖北沔阳一渔夫，身体健壮，力气大，又有一身好武艺。因在当地生活不顺心，就投奔了红军倪文俊，因作战英勇，很快就升为倪文俊部将。倪文俊设计谋杀另一位将军徐寿辉被发现后，随机率部逃到黄州，这里正是陈友谅的防区，陈友谅见倪文俊来投，后又知其出走来此的原因，对这样谋害他人不成而来的人，岂能够放心。不久陈友谅即用计袭杀了倪文俊，夺了军队，自称平章。陈友谅势力突大，欲望也跟着增长。很快就向东占安庆、池州、南昌诸地。这样，就和朱元璋所踞的地盘接壤了。一山不容二虎，遭逢就是冤家。陈友谅与朱元璋就不断地对峙、摩擦、交战、争夺，其间各有胜负。到了龙凤六年五月，陈友谅挟徐寿辉统大军，攻下太平，朱元璋军守将花荣战死。陈友谅进驻采石，非常高兴，志气更高。这时，欲望开始转变为野心，谋图更大的目标了。不久，他就使人杀了此前的帮手徐寿辉。等不得择日子，定地点，就匆匆地将采石五通庙作为行殿，冒着暴风雨，即皇帝位，国号汉，改年号为大义，势力覆盖江西、湖广大片土地。

　　陈友谅的雄心和称帝不是无来由的。一是元王朝已经分崩离析，军阀纷争，天下大乱；二是自己确实也经多年

积累，壮大了实力，此时，不占山为王，还待何时。可是，欲望是魔鬼，陈友谅已经称帝，可他却还有更多的想望。特别是身踞应天的朱元璋，也是颇有实力的主儿。而且总在和自己较劲恶斗，不肯臣服。因此，在忙完了称帝事务之后，陈友谅趁着自己处在朱元璋军的上游，自己的军队又兵强马壮，水军大舰众多，真可"投戈断江，舳舻千里"。在他看来，如今朱元璋就是笼中的鸟，随时可以捉来宰杀。当听说陈友谅派遣使者和陈士诚相约，准备合力东西夹攻朱元璋的消息后，朱元璋应天大营的很多文官武将都吓慌了。有人主张投降，有人主张放弃应天，暂做躲避退让。也有人主张主动进攻太平，以攻为守。这时，军师刘基（刘伯温）到了应天。朱元璋赶紧征询他对形势的看法和应对办法。刘基给朱元璋分析，张士诚是个胸无大志的人，只想自保，不会有什么大作为，可以不必忧虑。主要是要集中力量对付主要敌人陈友谅。这边无事了，陈士诚那边就自然无事。若最后除了陈友谅，那就可以北取中原，成就王业。

　　也许是天助朱元璋。朱元璋部将康茂才和陈友谅是旧相识、老朋友。而康茂才的老门房也侍候过陈友谅。这时，康茂才就受命让老门房偷偷地跑到陈友谅军中，带了康茂才的亲笔降书（当然是假降了），并告诉了许多朱元璋军的虚假情报。表示愿以自己一军同陈友谅里应外合，助之取得应天。还出主意，让陈友谅兵分三路。陈友谅正在亢奋之中，不知是计，还问来者现在的江东桥是木桥还是石桥？约陈友谅亲自率军进江东桥。这样，陈友谅就完全陷入到朱元璋的计谋中了。大战开始之后，当陈友谅率军来到江东桥时，原来的木桥已经被换成了石桥。信号发出，却不见康茂才接应，遭到伏兵袭击。这一下锐气顿伤，方知中计。正懵懂间，四面山上黄旗招展，自己的精兵被团团围住。各处战鼓雷鸣，山上，水上，平地，到处都处于被打局面。只此一战，陈友谅的主力遭到全歼，杀死、淹死的不计其数，光俘虏就有两万多。此后，朱元璋收复太平，下安庆，取信州、袁州，大业奠基。如今这个"忠臣庙"就是依据当年大胜之后，犒劳纪念分封功臣的地方。看了其中的不少陈设文字，不禁感慨良多！

历史的烽烟早已散去，人间也已几朝更替。谁还能知道得更加详细？或许，离此不远处的乌泥镇上两棵巨大老樟树知道更多的内情。这两棵连理而生，根系龙盘，冠如华盖，已经有几百年生命的古老樟树，经历风雨而不枯，如今依然枝叶茂盛，生机勃勃，所以，人们称之为"状元树"。站在这样似先祖神灵的古树前，人们会有很多的感悟，感自然之长久神奇，感人世之苦难纷争，感世事之动荡更新。可惜，树不会说话，如果真可以交流的话，她一定会给人们讲述许多自己的经历感受。

"年光似鸟翩翩过，世事如棋局局新。"当坐车行进一个钟点多的时候，就像历史的大反转一样。眼前已经没有了历史的交战情景和像老樟树那样虽然绿叶婆娑但却不无沧桑的情形了。在胡家洲村，在汤源村，在上冕山村，我们看到的完全是一种接近安逸、静谧和富有浓厚文化品质的乡村生活景观。这里的人们，伴随着政府强大的脱贫攻

忠臣庙

坚行动力量，重新规划乡村农人的生活，从生产经营，到住宅建设规划，丰富人们日常劳动文化生活，到利用山水田园风光特点开展乡村旅游活动等等，展现出的是非常富有现代观念和趋向富足生活情态的种种生动面貌。来到这里，面对着很多既具有乡村物象特点，但却巧妙地注入了现代时尚内容的客栈，真有一种摆脱城市嘈杂纷嚷，到这里清静生活的向往！

余干县是国家扶贫开发工作重点县，是江西省政府支持鄱余万都小康攻坚县之一。近些年来，在县委和县政府的强力认真规划设计和精心落实下，获取了很多的成绩。余干的各个方面都在迅速地改变和进步着。一个逐渐走向富裕和美好的余干，正在迅速地形成，相信这个孕育了"江西第一人杰"汉长沙王吴芮、宋丞相赵汝愚、明理学家胡居仁等一批雄才俊杰人物，也为人民共和国养育了像吴官正这样党和国家领导人的余干，未来更加富庶美丽。当地老诗人郑伯权曾有一"七律·登竹亭"诗写得好，我就以其结束这篇短文吧！

七律·登竹亭

枝叶经霜势已安，
登临极目望远滩。
顺流借水行舟易，
深海张帆转道难。
劲节虚衷堪大任，
扫除冰雪岂惧寒。

中华正气重来续，

八表同风天地宽。

（作者系中国报告文学学会常务副会长）

鄱阳湖畔枝叶园

缪俊杰

枝叶园中一枝一叶，

可歌、可咏、可风。

参观枝叶园归来沉思良久，

像读了一本大书……

今年初夏，江西文界老友郑伯权、朱昌勤邀我去江西走一走，旧地重游，共话别情。

到达南昌，行装甫卸，郑、朱两位便问我："想到什么地方看看，我们陪你去。"

我是江西人，几十年间因公因私到南昌已不下十次。什么滕王阁、八一馆、青云谱、天香园，甚至一千多年前客家流人居住过的"筷子巷"……我都去看过多次，再到什么地方看，我一时提不出来。他们看我语塞，立即道："鄱阳湖畔余干县有个枝叶园值得一看，我们陪你去，如何？"我欣然同意。虽说去过南昌多次，也总希望看个新景致。他们提到的余干县我没去过。有了新看点，愿意从游。

　　关于江西余干县，我知道不多。不久前，刚读过唐代著名诗人刘长卿的《刘随州集》，他有一首诗很有名，就是写古代余干县域的。这老先生本是河北人，唐玄宗时中进士，担任过监察御史，也就是相当于今天的司法部长吧。后受人诬陷，被贬到湖北担任随州刺史。晚年退职后，移居到江西鄱阳湖畔的余干县。他同情民间疾苦，写了首诗《登余干古城》："孤城上与白云齐，万古荒凉楚水西。官舍已空秋草没，女墙犹在乌夜啼。平沙渺渺迷人眼，落日亭亭向客低。飞鸟不知陵谷变，朝来暮去弋阳溪。"这首诗意境苍凉，思想深邃，成了千古流传的名篇。余干县也因此诗一直为人们所关注。

　　我们驱车沿着美丽的鄱阳湖畔前行。从南昌出发一个多小时便到了余干县的乌泥镇。汽车在一处竹影婆娑的林子前停下。老朱说:"这就是老郑所写的'枝叶园'了。"

　　枝叶园,过去的官书上没有记载,坊间也很少传闻,如今何以名世? 我们下车入园,只见一方高达丈余、面宽五尺、形态可仪的长条巨石立于园门之左侧,石上刻有若干文字:"余干。古称干越之地,滨处鄱湖,擅水乡明珠之誉。唐诗人刘长卿有《登余干古县城》之佳作传诵千古,山川钟秀,人文是蔚。建县近二千四百年,代有名人,薪火相继。秦汉交替之际,余干人吴芮率百越之长,景从义举,高祖定

鼎，吴芮受长沙王之封，稽之史册为赣省第一人杰也；至宋有赵汝愚，状元出仕，官至宰辅，刚正立朝，为宗室柱石，后追封福王……"此碑八百余言。碑文为江西著名诗人郑伯权所撰，书法家李春林手书。春林的书法，着墨遒劲，风格飘逸，因是车书，愚辈如我者初读有些费眼，也就没有继续读下去。

我正在凝神拜读伯权先生之碑文时，当地镇长赶来，他是东道主，便充当解说员。镇长是个年轻人，但显得很干练，很有文化素养。他说：这里濒临鄱阳湖，原来是一片潮湿荒滩，杂草丛生，乱石堆积，镇上便将此处荒滩利用起来，在老屋之侧小筑二楹，对庭前荒滩空地加以整治，种上垂柳和茅竹。现在这里已绿树成荫，竹影婆娑，成为镇上居民休闲之地。园内配有一些有关廉政方面的展板、图片画页，有历代官员关爱民瘼、廉政为官的事迹展示，因而这个小小公园也就成了一个教育园地，不久前被评定为全省廉政教育基地。

我看见这个公园竹影婆娑，造型甚为独特，似乎全在一个"竹"字上做文章。镇长介绍：全园已有秀竹一千多株，经过几年打造，这里已是茂林修竹，池苑荷影，杨柳依依，华美有致，给人以优雅的美感和精神境界的升华。

镇长说，余干人以竹立园，是有深远考虑的。竹子是"未出土时先有节，长大成材又虚中"，是有气节的植物，可以观赏，也可以励志。在古人看来，竹声和民声往往是相通的。清代著名画家郑板桥在做县令时写的一首诗："衙斋卧听萧萧竹，疑是民间疾苦声。些小吾曹州县吏，一枝一叶总关情。"这时我想起，参与此园筹划的郑伯权先生前些年也曾写过一首咏竹诗："枝叶经霜势已安，登临极目望远滩。顺流借水行舟易，深海张帆转道难。劲节虚衷堪大任，扫除冰雪岂惧寒。中华正气重来续，八表同风天地宽。"（《七律·登竹亭》）这首诗表面是写竹，实质是讲廉政，是与即将赴任的高官朋友共勉的。他在枝叶园的石碑上又重申了这样的意愿，他希望我们的官员"听萧萧之声思民间疾苦，遂尽瘁于民事，竭公仆之所能。方塘之中，田田荷叶，擎雨之珠，晶莹玉润，彰濂溪之高洁。园庭之中一枝一叶，可歌、可咏、可风"。

枝叶园除了这些青翠挺立的竹子，还有一泓小巧玲珑的池塘。正如郑公所写：荷叶田田，鱼游浅底。方塘之内建有小亭。不算华丽，却深意可悟。休闲之时，余干百姓，乌泥居民，官民登上小亭，忧乐与共，同话桑麻，岂不快哉！

这枝叶园，既是休闲之地，也是教育场所，寓教于乐。余干县建此场所，甚为高明。余干县今日的美丽景色，与唐朝诗人刘长卿所描写的苍凉余干真是天壤之别啊！

我在这鄱阳湖畔的竹园里，流连忘返。参观枝叶园归来，像读了一本大书，沉思良久。当今盛世，如为官者廉，为政者亲，官民同乐，普世和谐，其乐融融，岂不美哉！

枝叶园，鄱阳湖畔余干乌泥镇上的一颗明珠，一个寓教于乐的场所，作为省里一个"廉政教育基地"，实至名归。

（作者系人民日报社文艺部原副主任）

余 干 走 笔

王必胜

余干很美。余干之美——
在于历史悠久人文昌盛，
在于山水秀美风光旖旎，
在于天时人和创新发展。

秋日走江西，进赣鄱，一次江湖行，近水、入村、看殿，在鄱阳湖腹地——余干县，盘桓寻访开了眼界。鲜为人知的余干，是一个有内涵、多风采的江南县城。

江西名胜多，历史的当代的，绿色的红色的，不一而足，或许这余干遮蔽于赣鄱大地显赫名胜之中，被认为没有大牌名胜的县份，但也不可小视，就说这县名，便大有来头。史称"越之西界，所谓干越，越之余也"。有考证，汗与干同。干，意为水岸，又因为古时称余干境内的信江为余水。余干多古迹，秦时的长沙王吴芮故地，宋时的东山书院遗址，刘长卿、朱熹、王十朋等人在此行旅留诗，人文灿烂，风华悠悠。

当然，生态自然，是她的一大优势。由于地处闻名的中国第一大淡水湖——鄱阳湖，余干的水系纵横，水乡泽国，形成了独有的江南风景和水乡文化。

一

在通往县城的康山水城，一条大道从平畴大野中巍然耸立，笔直的两车道延伸出 30 多公里长，一面是浩渺的鄱阳湖水，一面是阡陌葱茏的田园。夏日，湖水浩荡，荷花灿烂，水草肥美，渔获和采摘，成一时风景。秋风过后，蓼子花开，形成又一奇观。湖水下降滩涂凸现，野生蓼花疯长，大片大畦的粉红花海，形成偌大的"喜庆红"。若是深秋时节，芦苇泛白，尾状的白色与细密的花红，形成强烈反衬。夕阳西下，候鸟背负霞云，晚归的牧童，融入袅袅炊烟中。湖区特有的秋景，因这一花一草的点缀，在秋水长天中，斑斓出无限诗意。

我们来时正值晚秋，没见蓼花红海，只有那萧萧芦花簇拥一方水域，在闪亮明灭的波光中，托出鄱阳湖的阔大与广袤。车行康山大道中段，道旁突见三个大红字：江豚湾，镌刻在一方圆实的石头上，醒目而亮丽，我们好奇，留步上前。

这是鄱阳湖区观赏国家一级保护动物——江豚出没的地方。大圆石上朱红字颜色尚新。前些年，大堤修整，地处鄱阳湖之南，又是赣江、信江、抚河三江汇合处，水质好，水草多，是天然深水巷，枯水时也有 20 余米深，为此，立碑于此，划出江豚保护区。阳春三月，大批江豚来到康山水域，最多时达上百头。被称为"水中熊猫"的江豚，2013年列入《世界自然保护联盟濒危物种红色名录》。据说，江豚是由一种古老物种进化而来。有论者说，"早在二千多万年前的□新世纪，江豚的近亲就在长江中生存繁衍。从东汉许慎《说文解字》到清代王念孙的《广雅疏证》，历代记录江豚的名称达 13 种之多。"

江豚全身多呈灰白色，头部钝圆，体形流畅，在水中翻腾跳跃，多是三五成群，不时地伸出头，喷水呼吸，像是玩耍嬉戏，逗人喜爱。有诗讴歌称是"水中舞者，水中精灵"。

江豚对水质要求很高，主要活动在长江流域的大江大湖中。近十多年来，干旱，污染，影响了生存，数量锐减。2008年前后，长江中游湖北一带，干旱枯水，被拍到一只流泪的江豚，这张题为"流泪的江豚"照片流传网上，引发了人们对江豚保护的热议。历年递减的江豚数量，成为人们关心的话题。2018年7月，农业农村部的一次会上权威发布："经科学考察后估算，长江包括干流，江豚数量为1012头……最多的是鄱阳湖，有457头。"留住江豚的微笑，不只是一些文人文章的题目，也成了自然保护者们的共同行动。

鄱阳湖占全国江豚数量近半，数量也是分量，无疑加大了余干人保护江豚的责任。2017年6月，在这里建起江豚保护基地。江豚湾挂牌的当日，除了县里渔政部门的人员，60多名志愿者现场宣誓："我们将用自己毕生的精力，致力于觉醒人类应有的善心和爱心，保护这个与我们命运相连、唇齿相依的生灵。"坚定的话语，激昂的情怀，也许是对那些有灵性的小动物的召唤，春和景明，江豚都要在这里游弋。保护"一湖清水，让江豚保持微笑"，是余干人的宣言，也是他们的行动。近年来，县上不断地加强对鄱阳湖水域的整治，打击非法捕捞，遏制了采砂放牧的行为，又采取生态农业，科学种植，清除污染源，划重点区域放牧，实行人放天养，确保中国最大的淡水湖水清鱼跃，生态优美。

江豚湾只是一处小小的水域，因为有了这个可爱的小精灵，聚了人气。离这相距不过8公里的瑞洪中学，近日迎来江西师范大学蓝天环保社团的老师们，他们对七年级三个班223名同学，作了有关江豚和水源地保护的科普讲座。这些世代生活在湖边，与江豚毗邻的小学生，也许从小就听过江豚的故事，是他们熟悉的"江猪"，可是，如今为什么越来越少了？或许他们回答不了老师的提问，但有关大自然生态保护的一课，使他们懂得，保护好脚下这片湖水，就是保护他们的母亲河。无论他们懂多少，江豚可爱的形象，自然界和谐相处的道理，深入到他们的脑中。有老师发微博说，童真，好奇心，孩子们对江豚有很大兴趣，他们说要让江豚永远有个开心的笑脸。从小开始，认识自然，爱护自然，也是人类保护自己家园的善心延续。

湖边天气多变，眼前的江豚湾，秋风长天下，又一波一波的涟漪，激起了我们向往中的那份期待，盯着前方水面，波纹涌动时，希望有江豚现身。十数个相机、手机，齐刷刷地举着，可是，半个时辰过去，没有什么动静。当地朋友说，由于秋凉和天阴的原因，今天恐怕没有眼福了。有人无不遗憾：这江豚太不友好，老远过来不给面子。也有人笑言，江豚怕生人吧。几位执着者仍不甘心，走几步再回头，掏出手机聚焦那方水面，像是做一个最后的仪式。而同行的县上朋友说，也好，留下遗憾，有个念想，下次江豚会微笑地欢迎大家。

二

没想到在这个环湖半岛的康郎山，留有朱元璋大战陈友谅的遗迹——一座几经修复的忠臣庙，耸立在离县城40多公里的湖区。前后三进的建筑，分为定江王殿、观音堂、忠臣殿。1363 年，陈友谅挟之前战事的余威，与朱元璋争夺鄱阳湖水域，攻城受挫，朱元璋据守鄱阳湖口，先断其退路，后巧用火攻，再水陆夹击，以 20 万兵力全歼 60 万的陈军。朱元璋大胜后，为祭祀遇难的将领韩成、丁普郎等 36 人，历时五年建成忠臣庙。几经毁损，后在清咸丰九年重建。近来，整治恢复为现在的规模，同时，周边旅游配套逐

渐成形，上年一并入选了国家4A级旅游景区。空旷，安静，肃穆，各个将领塑像和相关文字，记录了元末一场有战略意义的战事。史载，这次鄱阳湖水战，是"朱元璋创造了中国水战史上以少胜多的著名战例，为统一江南奠定了基础"，而这个明太祖亲赐的庙号，见证了一段不平凡的历史。

牌楼高耸的忠臣庙，气宇轩昂，看兵器战服，读尚武与征战的文字，气氛不免凝重，与近处湖水的氤氲之气，水乡情调，有强烈反差。沧海桑田，往事翻篇，当年水上战场，已然"平畴交远风，良苗亦怀新"，故垒旧事，化入一派田园风景中。因为传递朱元璋的故事，因为有忠义承担，家国意识，历史的陈迹，才会与现实对接起来，一场重要的战役，当下的解读，才有意义。参观殿中，我听到一个故事，当年鄱阳湖水战，朱元璋曾中箭受伤，康郎山老乡用草药救治，伤愈离开时有人对他说，做了大官别忘了我们老乡。朱元璋回道，你们来找我，就说是我的老表，是走亲戚。于是，江西人的老表之称，就流传开了。这也是流行的几个关于老表来源的一解。金戈铁马，征战杀伐，遥遥六七百年岁月，如今，留下一个远去而有情味的故事。然而，忠义与承诺，执着与坚守，幽幽的历史情怀，对时下，对来访者们，有一种特别的激励和传承。

湖乡气候易变，一会儿小雨淅沥，去往上冕山的村道上，农舍前花卉鲜艳，高大的樟树、榕树时不时飘落叶片，是秋风秋雨中又一景象。山背后一尊3米多高的吴芮坐像，背山面水，河水中的人像透着褚赤光泽，峨冠博带，泰然镇定，显示了西汉开国元勋长沙王的威仪。吴芮为吴王夫差后裔，生于鄱阳湖畔，曾任秦吏，因反秦暴政，战绩显赫，汉高祖奉为长沙王，辖南越诸地，施仁政，重农渔，壮年病殁于军中。吴芮的谋略和贤达，史上赞评颇多，被誉为"江西第一人杰"，南昌滕王阁上江西历史名人画像中吴芮列为第一人。秋雨风寒中拜谒这位世人鲜知的"藩王"，接受"人杰"的精神洗礼，平添一种心境。

三

　　水乡湖区，阡陌相连，乡镇村埠，臂膀相依，一天之内，造访了数个乡镇。在杨埠镇汤源村委会广场，忽见三组嵌有人像和语录的圆形牌子，上下左右连成一体，有如灯笼串，又像一个透视的大屏风，在绿草小树间格外显眼。近看，40 多人的照片，红白相间、色彩明丽地镶在圆牌上，居民群众和党员干部各为一组。居民立"家训格言"，干部的为"一句话承诺"。人头标准像加语录，党员干部的还有党徽相衬，极为庄重。一位胡先生的"承诺"是：克己奉公，从我做起；一位"群众"张女士的是：勤俭是美德，万事孝为先。忠于职守，修养立身，勤劳互助，家和善行等等语录格言，是传统文化的精粹，用这种方式公开公布，自我的激励和监督，细节见精神。文化兴农，文明治家，挖掘传统文化，应和着时下乡镇振兴的大趋势，提升村民素养和政府办事效率。这个举措，令来访者无不好奇，也感叹主事者的用心。

　　有着深厚赣鄱文化的余干，既有文化达人的引领，也有乡贤反哺乡梓，这些为乡镇振兴注入动能，增加活力。杨埠的汤源村，有一幢古色古香的建筑，设立农家书屋，门口的"三清媚女子文学社"，是一个响亮的名片，在乡村中显得特别。文学社也是一个读书坊，飘着浓浓的书香，有茶室、有阅览室，成为乡里农家求知育人的邻家书房。主事者是一个文学爱好者：做企业之余爱好文学，潜心打造村里文化品牌。这里图书和杂志，为时下最新的，有历史科技、文学经典，如国学经典和诺贝尔文学奖的图书等。为了提升文化品牌，定期邀请全国名家讲座培训，也与外地文学社团交流，主办内部交流的《三清媚》刊物，内容和装帧都很上档次。乌泥村是一个有七百年历史的老村，村头几棵三百年樟树，霜色老皮，虬枝纷披，仍显出活力，生生不息。旧时出过状

采风团一行在余干县委书记胡伟陪同下参观三清媚文学庄园

元，于是魁园、状元树等景点，寓意深藏。村中的枝叶园为其主要景点，草木森森，绿植幽幽，高挂的柚子和鲜红的石榴，斑斓点缀，园中水塘，竹子、芦苇等，密密匝匝。枝叶园，取古诗"一枝一叶总关情"之意，园外设文化广场，是村民休息娱乐场所。四周各以不同的雕塑造型，集梅、兰、竹、菊、松、莲等"古雅君子"物件，打造廉政文化的形象寓意，形成了主题景观。近年来，余干县从传统历史中，着力进行廉政文化的开掘，培育"以清为美，以廉为荣"廉政文化核心，广泛收集家谱，历史名人故事，古迹文物，石碑题刻，从中提炼廉政文化的精粹内容，并以图书、照片、影视等形式，形成了多侧面的主题展示。

古有历史人文，今有山水大美，余干之名，渐为远播。明代文人王十朋有诗曰："干越亭前晚风起，吹入鄱湖三百里。晚来一雨洗新秋，身在江东图画里"，成为人们认知余干的一个诗意的导引。

（作者系人民日报社文艺部原副主任）

湖·鸟·鱼

徐 坤

余干秀美风光，民众文化，

集景成区，串点成线。

放飞心情之所，

实现梦想之源……

鄱湖胜地，余干水乡。干者，岸也。《诗经·伐檀》有曰：坎坎伐檀兮，置之河之干兮。"河之干"便为河岸。余干也正因在信江（余水）之岸而得名。美丽辽阔的鄱阳湖东南岸，坐落着余干这样一个候鸟的天堂，没来之前，还真不曾得知。这个已有2230多年历史的古县，人口过百万，水域面积达到640平方公里，是环鄱阳湖地区水域面积最大的县份，有湿地面积95.6万亩，鸟类230种，其中冬季候鸟121种，白鹤、东方白鹳、天鹅、鸿雁等珍稀濒危鸟类应有尽有。难怪有诗云，"鄱阳鸟，知多少？飞时遮尽云和月，落时不见湖边草"。每年10月过后，鄱阳湖进入枯水期，候鸟迁徙高峰到来，鄱阳湖周边一带迎来最佳观鸟期。汤汤大水褪去，水落滩出，沼泽密布，奇珍异鸟济济一堂，在繁茂水草丛里纵情欢歌，起舞翻浪。此时的鄱阳湖，浩渺宽阔，天地间无人，只有百鸟朝凤，唯听百鹤齐鸣。

来鄱阳湖区，当初只为看鸟。先前，春天的时候，我的鲁院江西籍同学、作家凌翼写了一篇长篇报告文学《让候鸟飞吧》，发表在《人民文学》上，记录的就是江西鄱阳湖候鸟救治医院院长李春如的故事。截止到 2018 年，他已经救治 5 万多只候鸟，并为每只候鸟建立了病例档案。他的事迹令人感动，文中描述的鄱阳湖候鸟天堂风光，也着实令人神往。

深秋季节，当有人邀请去鄱阳湖的时候，便立即雀跃着前往。车行余干大地，但见漫漫秋水，从信江迤逦而来。瑟瑟秋风，拍打湖面，烟波浩渺，密云低垂。极目远眺，鸟儿似乎就在水中，在岛上：一排排瘦骨伶仃鹤腿排成柴火棍的阵仗，在踮着脚尖儿跳芭蕾；几只比大熊猫还要珍稀的黑鹳物种，扯着尖利的红嘴抢吃小鱼小虾；大片的鹬呼扇着巨大的黑白翅膀，在空中列阵俯冲翻浪……正沉迷于想象中并按图索骥之时，身旁同伴指点远处一些盘旋着忽起忽落小黑点，那是又一群飞禽呼啸而起盘旋而落。车轮驶过，近处是水边枯草与芦苇在风中摇曳，车厢另一侧是一望无际的绿意在田野里葱茏。似乎听见历史深处有宋人王十朋击节赞叹声传来："干越亭前晚风起，吹入鄱湖三百里。晚来一雨洗新秋，身在江东图画里。"那是余干人对梦里水乡最悠久与深刻的记忆。

车子停在一个叫作江豚湾的地方。下得车来走进水边观

瞧，但见一块巨大的山石上刻三个鲜红大字"江豚湾"，岸边有水泥垒砌的观赏平台。陪同者介绍说这里是余干2017年挂牌划出的江豚保护区。因此处是三江交汇处，水质好，水流缓，水草丰美，生态环境保持上佳，引得占鄱阳湖江豚总数一半的"水中熊猫"都喜欢在这里聚集出没。现在鄱阳湖内仅剩的长江江豚也就400多头。余干人立志保护好江豚，保护好自然环境，保护好自己赖以生存的地球家园。众人听罢，都唏嘘着这江豚的数目之稀，一个个都瞪大眼睛，痴痴盯着远处开阔水面，不想错过这比看候鸟还要金贵的看江豚机会。恍惚之中，却在湖心涟漪泛花处，似有一艘艘鱼雷艇样黢黑光滑背脊呼呼滑过，一个个嘴角迷人上翘的小江豚子欢腾雀跃笑出水面来。待要定睛看时，却又倏忽即逝，转眼钻入水中不见了。

靠湖吃湖，靠水吃水。世世代代生活在鄱阳湖边的渔家

鄱阳湖开湖节

儿女仰仗母亲河，更珍惜母亲河。为了防止鱼类资源枯竭，
遏止过度捕捞，从明朝万历年间起，鄱湖区就有"禁渔"与
"开港"的习俗。湖水禁渔将养三个月后，等到农历十二月
中下旬再重新开放。2017年余干县开掘这一传统历史文化
资源，将"开港"列入县非物质文化遗产名录，精心编排打
造了2017年中国·鄱阳湖开湖民俗文化旅游节。在节日上
他们将传统的开港仪式："备三牲，拜菩萨，祭湖神，买美
酒，授渔旗，放爆竹，放铳枪，驾渔船，捕张网"，变为现
代的"迎神拜鼋、祭湖祈福、载歌载舞、千船竞发、出港放
歌、江豚湾揭牌"等新的开湖仪式，祈求四季平安、人旺年
丰。首届鄱阳湖开湖节搞得轰轰烈烈，热热闹闹，与腾讯合

作网上全程直播，吸引了 100 余万人在线观看，很快在海内外获得反响。成为宣传余干文化旅游的新名片。仅有节日还不够，还须有相应的文化传说故事与之相配套解说。余干人细心挖掘古老资源，派专人收集整理相关的渔歌、渔谚、渔鼓等渔耕文化民俗段子加工改造以利于传播，让湖区人民入心入脑发自肺腑地对自然感恩，与大地家园和谐相处。随着 2018 年第二届开湖节的成功举办，余干人更加自信满满。用一直陪同我们参观的县领导的话说：余干人将继续秉持绿水青山就是金山银山的理念，借势"江西风景独好"影响力，紧紧围绕"三湖四线"的发展思路，以全域旅游为方向，以

　　优质旅游为目标，以文化旅游为重点，全面推动"旅游＋"
战略，不断把余干的秀美风光和民俗文化，串点成线，集景
成区，将这一城美色、一湖美景，打磨成世人体验乡愁之
境，放飞心情之所，实现梦想之源，为余干经济社会发展和
如期脱贫摘帽奠定更加坚实的基础。

　　"渔人湖上阵鱼丽，结队连舟十里围"，这是明代人吴守

为记录当年开港盛景的诗句，如今这一场景再现于赣鄱大地。说到底，有了一方湖水滋养的地方就是气韵足，有生机。即仮鸟儿不飞，鱼儿不跳，余干也是灵动的，也是诗意的。这些灵动和诗意不仅仅是源于天时地利，更是在于人为，在于余干人对自己家乡土地的精心呵护，在于千百年来余干人民与大自然的和谐共处。

（作者系《人民文学》杂志副主编）

观 水

彭 程

余干多水，

余干之美，也在水。

一路看到的都是天蓝水碧，

令人心旷神怡……

有些地方，名字就沁出一缕幽幽的古意，譬如余干。水之岸为干，此地位处江西省东北部，信江穿境而过。信江古称余水，故得此名。地名既这般古雅，不难想象它的历史。它建县于公元前 221 年，这个年份颇为好记，恰恰是秦王嬴政剪灭六国、完成统一那一年。

于是，自那时起，2200 多年来，信江之水就是如此刻一样地流淌，流过秦汉魏晋，流过唐宋元明，一直流到当下眼前。这个漫长的时间，相当于人世间的一百代。那么，这里百代的人们都像今天我们这些外来客人一样，称呼他们故乡的名字。念及这点，一种时间凝滞的感受，悄然袭上心头。

　　被这样的念头牵引，目光看到什么，就会不自觉地打个问号。譬如这条信江，河道两千年间是否曾经改道？但这一带更知名的水体，显然还是鄱阳湖。这个全国第一大淡水湖，吸纳信江等五大水系，襟带好几个县份，余干居其一，湖面的五分之一为它所拥有。车行在几十公里长的康山大堤上，左边就是烟波浩渺的湖面。眼下是11月，属枯水期，水落滩出，视野寥廓，岸边有大片绵延的芦苇，听说夏秋时节只能看到露出水面的苇穗。丰茂和疏朗，一年一度，跟随季节的脚步而更迭。

　　季节带来的变化定期出现，但有一些变化，则已经成为历史，不专门去了解的话，不会知晓。还在读小学时，就已经知道了这个湖，早于知道距离家乡更近的太湖、洞庭湖、洪泽湖。是因为当时语文课本上毛泽东主席的一首诗《送瘟神》。"读六月三十日人民日报，余江县消灭了血吸虫。浮想联翩，夜不能寐。微风拂煦，旭日临窗，遥望南天，欣然命笔。"这段话，每个小学生都能背诵。余干就与余江相邻，当年同样是血吸虫肆虐之地。"绿水青山枉自多，华佗无奈小虫何！千村薜荔人遗矢，万户萧疏鬼唱歌。"新中国诞生不到十年，这种危害千载的传染病就得到了根治，自然让人欢欣不已。

　　时光如流水，已经将这段往事卷携而去。这里50岁以下的人，估计都不会知道了。但另外有些变化，却是他们都经历过的，每个人都会是见证者。前些年，鄱阳湖生态曾经遭到过严重伤害。湖里的螺蛳是餐桌上的美味，非法吸螺的船只，一天能吸一两吨。螺蛳能够净化水质，超量的采集导致了水质的下降。鄱阳湖是亚洲最大的候鸟栖息地，大量白鹤等珍稀禽类来此过冬。由于鱼虾和贝类也被过度捕捞，这些千里飞来的鸟儿的食物都成了问题。生态是一个链条，哪一环节缺失，都会给整体带来损毁。好在主管部门采用切实有力的手段，予以有效遏止，近年来生态大为改观。当年根除血吸虫挽救了人，如今这些措施则挽救了湖，而最终受益的也还是众多生长呼吸于湖区的人们。

　　一路看到的都是天蓝水碧，心旷神怡。车在一个叫作江豚湾的地方停下，我们站在岸边水泥垒砌的平台上，俯

视一大片开阔水面，不时看到黝黑的背脊跃出水面，倏忽
即逝。陪同者介绍说这就是江豚，俗称江猪，它们对水质
要求极高。在这一带聚集出没的江豚，占到整个鄱阳湖江
豚总数的一半，足以表明这里的生态环境上佳。同样能够
证明这一点的，还有天上的飞鸟。不时看到成群的水禽，
从更远处的芦苇丛中飞出，无数的黑点，旋起旋落，盘桓
不已。

　　余干多水，县境内河湖密布。余干之美也在水。甚至，
最为传诵的历史故事，也和水有关。元末群雄逐鹿，朱元璋

就是在此地湖中的康郎山，决战最强大的对手陈友谅，歼灭其数十万，奠定了朱明王朝的基业。第二年，他下令在康郎山湖边建造"忠臣庙"，庙里供奉了大战中为他立下汗马功劳的将领们的塑像。

当然，对于这里的普通百姓来说，这些历史传奇，不过偶尔被拿来充作谈资，说起时的语气，像极了《三国演义》开篇中的吟诵，"白发渔樵江渚上，惯看秋风春风"。天地悠悠，时光漫漫，将人生映衬得短促，日子就像流水一样流淌走了。最真切也最踏实的感受，莫过于每一天都安宁平静，就在自家的河边湖畔，无风无浪，看鸥鹭飞落，烟霞聚散。

今天的日子，呈现的分明正是这种模样。穿过一座匾额上题着"乡韵小港"的牌楼，走进黄金埠镇胡家洲村，这是当地秀美乡村建设的示范点之一。平整的柏油路右侧，三层的徽派建筑依着地势逶迤排开，白墙黑瓦，马头墙脊，门口上方"好汉庄酒家""老房子茶舍"的招牌都是老旧的式样颜色。屋檐下是没有油漆过的桌椅，旁边木栅栏外是一口有些年头的水缸，歪倒在杂草地上，里面长满了浮萍，叶片碧绿细碎。这些原本都是破旧不堪的老房子，村民们在当地政府的扶持下，修整改建成了民宿。古旧的情调吸引了很多游客，每到双休日能有几千人，住处爆满。村路的左边是一条河，河里有游船垂钓等水上休闲项目。上个世纪 70 年代，为抵御湖水泛滥，挖泥筑堤，形成了这条河。此举当年阻止了湖水危害，今天则为生活增加了福利。天气转阴，小雨淅沥，河面微波荡漾，有淡淡的雾气。

不远的汤源村，也是一个乡村旅游示范点。"荷塘月色"、"梦回老家"等景点，为都市游客营造出一种乡野的韵味。但更深刻的印象，是这里的"三清媚文学庄园"给予的。余干行政上隶属于上饶，上饶有名山曰三清山。一群热爱文学的女子，十年前自发成立了一个文学社团——三清女子文学研究会，在全市各县都有分支，此处便是其一。参加者有各种年龄职业，以文学为共同的精神家园。这个活动地点，墙壁上贴满了著名作家来这里办讲座等活动的图片，案几上除摆放了研究会自办的会刊《三清媚》，还有《人民文学》《世界文学》等高端权威的杂志。同行的女作家徐坤，意外地看到了一位她辅导过的鲁迅文学院青年作家班的学生，"90后"的年轻女性，师生见面，欣喜相拥。原来，旁边的一间三清媚书屋，正是她妈妈打造的连锁店之一。她妈妈是当地一位成功的企业家，至今仍然保持着青年时对文学的炽热爱好，不但影响到了女儿，更有力地推动了这一风气在当地的传播。

置身其中，仿佛目睹了另一种流水的姿容。我看到研究会活动时的照片，有读书讲座的，有山野采风的，有征文颁奖的。参与者大多 20 岁到 40 多岁，本来正是女性魅力流淌荡漾的年华，因为热爱文学，也就更进一步亲近了美。有一张照片，是在一个庄重的场合，参加者大多身着丝绸质地的服装，色彩鲜艳，滑腻闪亮，一种波光潋滟的感觉。"女为悦己者容"，其实，她们也为己所悦者妆扮。只有心里真正看重一件事情，才会这样认真地对待。这些业余作者的虔诚和执着，恐怕要让一些专业写作的人感到惭愧。写出真正有

影响的作品很难，但这并不影响她们的热情。文学丰富和提升了她们，让她们对生活、对世界和自己，都有了一种深刻的认识，这就够了。如同故乡江河湖塘的水滋润她们的肌肤一样，文学滋养了她们的心灵。

夜宿县城，住处位于城中心突兀而起的东山岭上，林木蓊郁。早起，在鸟儿的鸣啭声中醒来，头脑倍感清爽，像被冷水浇淋过。从窗子里向山下俯瞰，一大片湖水环绕着四周，它因其形状被称作琵琶湖，湖面上晨雾飘荡。我下楼走到不远处的干越亭，一处历史悠久的名胜，唐代刘长卿、张祜，宋代米芾、王十朋，都在此留下了诗句。王十朋的绝句尤为出名："干越亭前晚风起，吹入鄱湖三百里。晚来一雨洗新秋，身在江东图画里。"王十朋是在黄昏登临，我则是在清晨，景色中多了一种清新，精神上也添了一份振奋。我丝毫也不怀疑，只要有时间，我就能够沿着县城中的大小水道，一直走到鄱阳湖边，看眼前波光浩渺，白鹤展翅，野鸭凫水，芦苇在微风中轻轻摇曳。

（作者系光明日报社文艺部原主任）

在河之干，望见希望的田野

金 涛

江西老表的称呼何其亲切，
这称呼的由头就出自余干典册。
而今在河之干追寻老表足迹，
望见一片希望的田野……

"坎坎伐檀兮，置之河之干兮，河水清且涟猗。"

读书一向不求甚解，《诗经·伐檀》中"河之干"的意思，一直不是很明了，直到今秋来至被称为"梦里水乡，候鸟天堂"的江西余干。当地介绍中这样写道：余干，公元前221年建县，江西省18个古县之一，以境处余水之干而得名，余水是信江古称，"干"乃"岸边"之意。

余干紧靠鄱阳湖，因水而生，一切皆不离水。早年为保这碧水蓝天，经济发展受到限制；如今发展旅游，扶贫开发，也多从水上做文章。从南昌驱车不到一小时，我们先到了余干境内36公里长的康山大堤。堤外是大信河，即古时余水，顺堤汇入碧波万顷的鄱阳湖；堤内是田舍与零星分布的内湖。

　　江豚湾是我们此行到达的第一站。一眼望去，河面并不宽阔，却是天然深水港，水位浅时也有 20 余米，每年江豚往来鄱阳湖，此处是必经之地，因此吸引众多江豚和摄影爱好者。江豚分布在长江中下游，以洞庭湖、鄱阳湖以及长江干流为主，现在仅剩千余头，为国家一级保护动物。江豚性情活泼，或独处，或三五成群，喜欢在水中嬉戏。每年 3 月，大批江豚陆续游到康山水域栖息，数量有 200 多头，占鄱阳湖水域江豚总数的一半。可惜这般壮观景象，我们没能赶上，只能脑补江豚在水中追逐跳跃的场景。

　　由江豚湾顺康山大堤再往前走，堤外是开阔湿地，此时，紫红色的蓼子花海刚刚谢去，秋风摇曳中，尚能感受到一丝盛时的景况。不多时，到达历史悠久的忠臣庙。中国的庙宇多供神佛，为忠臣设庙尚不多见。据说元末朱元璋和陈友谅在余干鄱阳湖畔大战，此庙即是纪念大战中为他效忠的将士所建。虽有 600 多年的历史，但朝代更迭，原始的遗迹所剩不多。新建起来的部分颇为壮观。内中最引人关注的是 30 多位忠臣像，雕刻不甚精美，可忠义精神历千载而不褪色。比之坚牢的建筑，精神的力量往往更为恒久。

　　与此处相关的还有一则传说。相传朱元璋当年在余干康山与陈友谅争雄时遇难获救，为报答当地人的恩情，曾许诺如得天下，余干人遇事可以"老表"名义去京城找他，后来果然应验，"江西老表"这一称呼就从余干流传开来。

　　笔者来自中原，遥想当年这里群雄逐鹿，而如今的古战场，遗迹大多不存，只能从史书中感受昔日的烽火狼烟。

余干在烟波浩渺的鄱阳湖畔，能有关于古战场的一庙尚存，幸甚。

与忠臣庙相距不远，有开湖渔俗大舞台。开湖是余干县冬至以后的一项大型捕鱼活动，已延续了几百年。据说开湖时，周围几个县的渔民几千条船一齐向上游进发。2017 年，鄱阳湖开湖习俗成为江西省第五批非遗项目，这一年余干举办了首届鄱阳湖开湖民俗文化旅游节，通过大舞台建设，进一步挖掘、发扬鄱阳湖的渔猎文化、忠义文化，做活"水"文章，打造余干旅游新名片。

离开康山大堤，下一站是三个秀美乡村建设点：小港村，汤源村，上冕山村。相比城市的千城一面，乡村多有地方色彩，山环水绕，环境清幽，自是令人流连。仅这三个地方，就各有特色，绝不重样。

小港村名字熟悉，但此小港非彼"小岗"。我们到时，刚刚下过小雨，湿漉漉的石板路两侧盛开着一些不知名的鲜花。南方的树叶，至深秋还是绿油油的，偶有几片红叶点缀其间，不见秋的萧瑟。小港村外有一条河，河道笔直，因开凿于 20 世纪 70 年代，名曰"七〇河"。这名字起得直接，倒也令人难忘。村子规模不大，十来户人家，背靠巨大的森林公园。人少清幽是此处一大特点。老屋经过改造，同一间房子里，新旧泾渭分明，很能给人怀旧之感。当地百姓将房子出租开发民宿，每月补贴家用已绰绰有余。

来到汤源村，美丽大方的茉莉姑娘在三清媚文学庄园热情招待了我们。无论如何，一行人都很难将这个庄园和贫困村联系在一起：在这里，聚三五好友，谈玄论道，聊诗和远

小港村七〇河

方，这种生活，对于大部分城里人来说都是奢侈，在这里却变为现实。汤源村是余干"十三五"贫困村之一，上饶"三清媚"女子文学会在这里设立文学庄园后，结对子进行文学扶贫。茉莉是当地姑娘，读书不多，几年前在外地打工，因公公生病返回汤源，属于典型的因病致贫家庭。三清媚文学庄园的设立，给茉莉姑娘在家乡找到了生存之路。茉莉姑娘加入文学庄园后，自己也成了文化人，看看她的一则微信："读书是乐事，有书真富贵，无事小神仙。"很有些闲情雅致。茉莉每天要写下当天庄园的活动记录，这文字里，不难看到全国知名作家的身影。庄园设有民宿，凡在这里买书满六百的，还可免费体验民宿一晚。

行程仓促，上冕山村未及细看。上冕山村依山而建，山

顶"江西第一人杰"长沙王吴芮的塑像远远可以望见。及至
走到塑像之下，仰望时更觉伟岸。以前这里开采山石，形成
大片裸露，县里就将这座裸露的山头建了塑像，一举两得，
既美化了环境，又开发了历史旅游资源。上冕山村依托这些
历史故事，做起了"军事古城"的文章。

　　近年来，没少参观新农村，各有样貌。余干之行，让我
想起刚刚在深圳走访过的两个客家古村落：观澜和鳌湖。这
两个村子以前环境破败，治安堪忧，几百年的客家民居或租
给打工者，或弃用。近些年经过改造，状况大为改观。现在

蓼子花海

去观澜，很有世外桃源之感，目前这里已成为国内版画创作、研究、展览的高地；鳌湖则成为深圳文艺青年的聚集地之一，年轻人的入住，让废弃的老村子重新被激活。

在我国城市化快速发展的进程中，大批人口涌向城市，很多有着悠久历史的农村变得人烟稀少，缺少生机。近年来随着扶贫工作和美丽乡村建设的推进，又让不少乡村恢复了活力。农民大多已经"不稼不穑"，但文化的融入，旅游的开发，吸引了一批年轻人回乡创业，广袤的乡村不再是被遗忘的角落。

返回南昌，登滕王阁远望，内中一联："阁以人名，阁以文名，有唐文采千秋艳；境由时造，境由心造，无尽心潮万众歌。""境由时造，境由心造"说得尤其好。中国人的心，是栖息在田园之上的，所以中国古人的诗意，往往不是连着远方，而是从故乡和田园生发，即使遥望日月，依然是"露从今夜白，月是故乡明"。

在河之干，我又望见一片希望的田野。离开余干，心里却还惦念：何时有缘见江豚？下次来时，能否赶上蓼子花海和开湖节的盛况？要在三清媚文学庄园，买上几本文学书籍，枕着鄱阳湖的涛声住上一宿……

（作者系中国艺术报社文艺部主任）

见　闻

干越故事似水流

一枝一叶总关情

余干品辣

江豚湾的笑靥

诗意枝叶园

鄱湖明朝更风流

鉴古烁今余干行

千年古樟状元树

乌泥记行

千年古樟记

干越故事似水流

杨正泉

余干的故事离不开水，

相信现在和未来仍然离不开水。

有水就有余干的故事，

余干的故事长似水……

在"讲好中国故事"的大背景下，2018 年的深秋季节，我有幸和中国作协、人民日报等单位的文人墨客参加了"鄱阳湖采风行"活动，虽然行程短暂，但留下的印象深刻。余干的"故事"的确值得大家讲述——

余干早在秦朝就已设县，古称"馀汗"，迄今拥有 2200 多年的历史。这块土地哺育出"江西第一人杰"汉长沙王吴芮、宋代丞相赵汝愚、明理学家胡居仁等一批忠臣良相、文人士子。这其中吴芮举义反秦的故事在历史上广为传颂，在当地更是家喻户晓。

秦二世元年（前 209 年），陈胜吴广起义，揭开了中国历史上第一次大规模农民起义的序幕。当时，吴芮正任鄱阳令，在较短的时间里就取得了明显成效，被百姓尊为"鄱君"。一天，吴芮等人正在县衙讨论时局，突然接到一封朝廷的加急公文，要求吴芮10天之内调戍卒万名赴咸阳，否则革职拿问。

公文里还附着一张单据，上列赋税各项。吴芮看完，又给手下看。一将军拍案而起曰："此地非是秦庭管辖，当初朝廷承诺由鄱君自行治理，在此当口调人万数，强征赋税，叫百姓如何生存？如此朝廷，真是昏庸之极！"

"救民水火，造福苍生"，一直是吴芮的豪情壮志。但起兵反秦，自己手下最缺乏的，就是能统兵打仗的大将。所以，当手下以探求的目光看着吴芮时，他沉吟不语。正值这个历史时刻，一位了不起的大英雄前来投奔吴芮，这个人就是英布。

英布是六县（今安徽六安）人，从小父母双亡，喜好弄枪使棒，十几岁起就行侠仗义。有一次在街上算命，算命先生送给他十六个字"先受黥（qíng）刑，然后得王；天道有谬，富贵无常"。后来，英布果然因为犯罪受到黥刑，押往骊山做刑徒，因此别人把他又叫作"黥布"。

在骊山为刑徒之时，英布专门与其中素有威望、武功出色的人交往，后来干脆歃血为盟，结拜了十几个异姓兄弟，杀死监吏，一起到九岭山一带（今江西西北）占山为王，做了专门劫富济贫的强盗。黥布等人听说陈胜在大泽乡起义之后，个个摩拳擦掌，想起兵呼应，无奈手下仅有数百人，只好作罢。

九岭山离鄱阳不远，英布听远近的百姓都夸赞鄱阳令吴芮不但体恤百姓，而且为人豪爽、喜欢结交天下豪杰，便独自下山直奔鄱阳而来。来到县衙，正好吴芮出外巡视未归，性急的英布跟门卫动起手来，眼看十几个士兵被他打倒在地，这时吴芮赶回了县衙，立即喝令士兵住手。

英布当即说明来意，吴芮见英布虽面带黥刑印记，但气宇轩昂、仪表堂堂，心中暗喜，便把他请进县衙，一同饮酒。酒后，在吴芮、蒲将军的要求下，英布借着酒性，将刀枪棍棒统统使了个遍，把大家看呆了。这时，忽然听得一位少女在旁情不自禁叫好。大家回头一看，原来是吴芮的女儿裕秋。

原来裕秋今年已有16岁，在母亲毛苹的教育下自幼爱好棋琴书画，才思敏捷。前不久吴芮将家人接到鄱阳之后，又爱上了习武。当晚，吴芮与母亲梅氏和妻子毛苹又提起裕秋的婚事。吴芮说："英将军确是一位了不起的猛将，听说年已30，尚未娶亲，今日裕秋似乎对英将军一见倾心。"

吴芮担心母亲梅氏和妻子毛苹会对英布受过黥刑而有看法，没想到她们很赞同这桩婚事。吴芮决定在英布率队来归时，将女儿正式嫁给英布。半月之后，英布果真守诺率领手下人马前来。在接风酒宴上，当英布得知鄱君要招他为婿时，大喜过望，激动地说："若果真能做鄱君女婿，愿为鄱君大业犬马驱驰，肝脑涂地，万死不辞！"吴芮在酒宴上，正式将女儿裕秋许配给英布。

正当众将欢歌笑语，开怀畅饮之时，一将军站起来高呼："如今暴秦气数已尽，天下群雄并起，鄱君兵强马壮，今日又有英将士来归，正可成就一番大事！"随即将杯中酒一饮而尽。众人纷纷点头称是："唯鄱君马首是瞻。"吴芮连连拱手感谢道："自当竭尽不才之智、不武之躯，行仁义之事，为造福天下苍生略效绵力。"

　　第二天，吴芮在鄱阳城郊的兵寨举行阅兵仪式，数千士兵队列整齐、旌旗招展，在仪式上，吴芮正式宣布举义反秦，成为第一位易帜反秦的秦朝官吏，秦末起义的风云，将吴芮推上了历史舞台。

　　忠臣庙蕴藏着余干另一个脍炙人口的故事。据说，朱元璋曾与陈友谅在鄱阳湖边的康郎山大明湖决战。朱元璋在作战时曾身负重伤，身中数箭，康郎山的老百姓将他藏在山洞里，抽箭消毒，敷药喂饭，几个月后，朱元璋身体康复，对

护理他的康郎山父老乡亲感激涕零。

因为这一仗是朱元璋获得天下的关键一仗，所以临走时，他告诉康郎山的老百姓，以后有事可以去京城找他。一位大伯即问朱元璋："日后当了皇帝，您还会理我们吗？"朱元璋回答道："你们只要说'江西老表来了'，我一定会出来接待你们。"

果真有一年鄱阳湖地区发生特大洪水，康郎山被洪水冲毁了大片良田，百姓饥寒交迫，朝廷反向百姓征收重赋，康郎山的百姓于是风尘仆仆进京面圣，进皇宫大门时，被门卫拦住，然后他们说："请禀告皇上江西老表来了。"

朱元璋果真不忘旧恩，亲自接待了他们，并免除了余干的田赋。从此，这句"江西老表"在江西叫开了，后来又从江西叫到全国，叫到海外，从古代叫到今天，越叫越亲切，越叫越浓厚。其中所包裹的信诺之义，更成为历史佳话。

朱元璋在康郎山大败陈友谅后，为纪念在大战中效忠的将士，还在当地建了一座庙宇，叫忠臣庙，至今已有600多年历史了。庙分前、中、后三进，前进为定江王殿，中进观音堂，后进36忠臣大殿，曾有文字记载："红墙黄瓦，屋角翘然，描金描彩，宝顶流光，居康郎，气势雄壮。"

清咸丰三年时，忠臣庙曾遭兵毁，九年江军统领刘于浔依原貌重建，并添建昭忠祠怀忠楼，其右添建大殿。可惜庙受洪水多次冲毁，虽经1993年抢修，无奈财力匮乏，仍未恢复原貌，但忠臣庙中所蕴含的精神至今也教育后人。忠臣庙已经成为当地一个热门景点，游客络绎不绝。

余干不仅有丰富的人文历史，更有宝贵的自然资源。余干紧靠我国最大的淡水湖鄱阳湖，湖泊星罗棋布，河港纵横交错。地表结构大体分为四水、三山、二分田、一分道路和庄园，是一个名副其实的"鱼米之乡"。余干之美在于水，康山大堤绵长 36.2 公里，我们驱车而往，可以到达湖中央。

鄱湖美景四季如画。我们一行到达已是深秋，远远望去，如雪的芦花似乎还在眼前。据地方人士介绍，春天这里可以目睹到碧绿连天的草甸，夏天则可以看到浩渺无边的水面，冬天可以观看万里云集的候鸟群。虽已接近冬季，我们一行在一个叫"江豚湾"的地方，还是看到了跳跃翻滚的江豚。据介绍夏季每天都有 200 余头江豚在此活动，场面甚是壮观。

余干的山水结合，尽显江南水乡的绵柔之美。县城东山岭，林木葱郁，海拔虽然不高，却风光秀丽。山下有市湖，形似琵琶，碧波荡漾，人于山上可望湖，泛舟湖上可观山，真乃湖光山色，美不胜收！宋代王十鹏就有诗赞曰："干越亭前晚风起，吹入鄱湖三百里。晚来一雨洗新秋，身在江东图画里。"

由于历史上交通不便等原因，余干经济相对落后，即使到了今天，还没有摘掉贫困县的帽子。但我们一行，感觉到这顶帽子很快就会抛入太平洋或鄱阳湖中。因为无论从县城还是乡村，都难以看到"贫困"的痕迹。相反我们看到了热气腾腾的工地，看到了干净整洁的乡村。

在一个民宿村，我们看到"老船长酒吧"、"老房子茶舍"、"七○河文艺社"等富有现代气息的门牌，说明信息时代，城乡已没有距离，各有优势；在一个村庄，我们在一个

七〇河畔新农村

文艺女青年开办的书屋做客，这个书屋让见多识广的作家记者们大吃一惊，它不再是简陋的代名词，而是装修富有品位的文化茶楼……

从其挂在县宾馆会议室的牌子，我们也分明看到了余干人追赶先进的脚步："全国法治创建先进县"、"全国粮食生产先进县"、"全国科普示范县"、"全国科普惠农兴村先进单位"、"全国电子商务进农村综合示范县"、"2017 中国最具

绿色（旅游）投资价值城市"、"中国生态美食之乡"、"中国
芡实之乡"……

历史上，交通拉开了余干与世界的距离。而如今，区位
优势正给它带来巨大的发展潜力。如今的余干位于国家战略
海西经济区、鄱阳湖生态经济区的重合交叉区域，是江西对
接长三角经济区的前沿区域。昌景黄高铁已经动工，届时余
干到南昌只要16分钟，而过去，他们去一趟省城要花三四
个小时。

俗话说："靠山吃山，靠水吃水。"余干的历史故事离不
开水，相信现在和未来仍然离不开水。有了水，就有了余干
的故事，余干的故事似水长……

（作者系国务院新闻办公室原副主任）

一枝一叶总关情

武家奉

郑板桥云：一枝一叶总关情，

殊不知枝叶园里情更深；

这是一块很知民情的土地，

枝叶园里吹的都"廉政风"……

戊戌年的深秋时节，我与中国作协和人民日报的几位老作家、记者们一起，参加了鄱阳湖采风行活动。这次采风行的主要地点是江西余干。余干是一个具有悠久历史和文化底蕴的古县。公元前 221 年建县，迄今有 2200 余年的历史，以境处余水之干（岸边）而得名。孕育了"江西第一人杰"汉长沙三吴芮、宋丞相赵汝愚、明理学家胡居仁等一批治国经邦的雄才俊杰。

余干位于鄱阳湖之滨，水是其巨大财富，也是其美的精灵。余干境内河湖密布，著名的康山大堤全长 36.2 公里，人们沿其行走可达湖中央，春可睹碧绿连天的草甸，夏可看浩渺无边的水面，秋可见飘扬如雪的芦花，冬可赏万里云集的候鸟。余干之美还在于有山有水，其县城东山岭，林木葱郁，风光秀丽，山下有市湖，形似琵琶，曰琵琶湖。宋代王十朋曾有诗赞曰："干越亭前晚风起，吹入鄱湖三百里。晚来一雨洗新秋，身在江东图画里。"

此次鄱阳湖采风行虽然来去匆匆，但这个"美如画"小县的政治、经济、文化、旅游等诸多方面的发展，给我留下了深刻印象，其中乌泥镇枝叶园的廉政文化建设尤甚。乌泥镇有一种说法是：阳光下的土地。这一块很知民情的土地。枝叶园名字取寓于郑板桥的"一枝一叶总关情"，郑板桥原诗为："衙斋卧听萧萧竹，疑是民间疾苦声。些小吾曹州县吏，一枝一叶总关情。"乌泥镇乌泥村或为中纪委原书记吴官正家乡的缘故，所以枝叶园里吹的都是"廉政风"。

枝叶园所处的乌泥镇，是一座美丽的江南小镇，风光旖旎的互惠河蜿蜒穿行，古朴的村落民居隐现在青山绿水之间。绿树荫映中，小桥虹卧，流水潺潺，虫飞鸟鸣，古树婆娑，亭台楼阁相映成趣，一派典型的江南乡村景象。据悉，乌泥镇已有 740 余年历史。

枝叶园整个园区占地 22.5 亩，其中绿地面积 15 亩。园区采用自然式布局，以庭院为中心，突出江南乡村景观特色。园区主要由休闲景观和廉政文化宣传两部分组成。休闲景观主要有小型停车场、铺装广场、2.4 亩景观荷塘、健身场地和观赏植物等组成，村民和游客徜徉其中，有心旷神怡之感。

园区廉政文化由"塘"、"墙"、"窗"、"石"四部分组成。"塘"，池塘由白色大理石砌成，池塘内装莲花灯，石雕莲

花喷水台。白色大理石寓于纯洁、白净；"莲"又寓"廉"，寓意党员干部清正廉洁社会才能和谐进步；"石"，在枝叶园内是比较醒目的地方，有序放置廉政文化石，石上面刻有廉政名言警句；"窗"，是指在枝叶园中心花园内竖立的廉政文化橱窗，窗里内容不定期地更换；"墙"，主要利用枝叶园区围墙墙面制作廉政文化墙。文化墙上雕刻有梅、兰、竹、菊、荷、松，这些都是植物中的君子，代表纯洁、高雅、气节。

　　枝叶园的一草一木、一枝一叶有它独特的含义。例如在园区周围种植了大量竹子，因为在传统文化中，竹子最有气节。吴官正在其著作《正道直行》中也写到竹子，他说："我们应该学习竹子'咬定青山不放松，任尔东南西北风'的坚定立场，不管国际国内形势发生什么变化，都要坚信马克思主义，都要坚定不移地和党中央保持一致。竹子'长到凌空仍虚心'……"

　　如今，枝叶园园区每天游客络绎不绝，不仅有来自江西本省的党员干部群众，还有来自周边省份甚至北京、山东等地的党员干部群众。他们在枝叶园游玩休憩、寓教于乐，潜移默化，受益匪浅。枝叶园成为一个有内容、有魅力的文化教育基地！

　　　　　　　　　　　　（作者系全国优秀新闻工作者）

余干品辣

董宏君

让余干人钟爱有加的辣味里，
是翠绿的希望和火红的信仰，
它从这一方泥土里生长出来，
那么挺拔又那么生动。

余干这个地方出辣椒。

说起辣椒，它的种植几乎遍及全国。似乎没有什么地方说它们那里不能种辣椒，所以也没有哪个地方特别强调它出产辣椒。它几乎是称不上特产的一种蔬菜。

而余干的辣椒则有些例外。一到余干，就有热衷美食的余干人热情向我介绍自家"特产"，说这里的"余干辣椒"已经正式注册为中国江西地理标志特产商标。我不禁有些好奇，全国吃辣椒出名的地方除了四川、湖南，就是江西了，"四川人不怕辣、湖南人怕不辣、江西人辣不怕"的段子流传甚广，可见江西的辣椒也是辣出名了的，难道余干的辣椒又辣出了新高度？余干人却说，我们的辣椒不那么辣。奇

怪，"余干辣椒"出名偏偏是因为它不那么辣，可不那么辣
的辣椒，全国其他地方也有啊。

余干人还自豪地说，他们的辣椒种植已有600多年历
史，明清时期曾经作过朝中贡品呢。在2011年首届江西省
游客最喜爱的十大赣菜评选活动中，余干辣椒炒肉成功入
选。这更让我吃惊不已。普普通通的辣椒炒肉竟然入选游客
最喜爱的十大赣菜，江西有特色又好吃的菜到底有没有啊？
余干人对我的惊讶神色似乎不以为意，他们淡定而自信的样
子，仿佛在说，等吃到了你就懂了。

当我真的见到余干辣椒，吃了余干辣椒炒肉后，我才发
现，原来让余干人钟爱有加的辣味里，是翠绿的希望和火红
的信仰，它从这一方泥土里生长出来，那么挺拔又那么生动。

余干辣椒，的确不那么辣。它个头儿小巧，皮薄肉嫩，
口感鲜香，刚入口时辣味适中，待咽下去，又有一种夹杂着
微甜的绵长回味留在口腔，辣椒的鲜香与炒肉的油脂香混合
在一起，辣嘴不辣胃，让人食欲大增，欲罢不能。客人吃这
道菜的时候，当地人会在一旁认真地看着你吃，表情专注，
然后等你发表"意见"，好像说"看，我没骗你吧"，样子非
常朴实可爱。据说在上海、南昌有不少餐馆专门打出"余干
辣椒炒肉"的招牌招揽客人，可见这小辣椒确实不简单。

余干辣椒又被称作"枫树辣"，其缘由是余干县洪家嘴
乡有个叫枫树的自然村，信江的泥沙冲击出枫树村这块田
地，土壤疏松肥沃，含沙量大，矿物质含量丰富，非常适合
辣椒生长。那里种植出的辣椒品质好口味佳，青熟果翠绿，
老熟果火红，于是得名"枫树辣"。《能改斋漫录》明代抄本

载："饶州余干水口有洲，洲上村民种植辣椒口味佳。"枫树村在信江入鄱阳湖处，这个记载印证了枫树村辣椒之名委实不虚。2012 年 11 月 1 日，在湖南长沙举办的第四届中国国际辣椒产业博览会上，全球 300 多种辣椒在此比拼，余干枫树辣椒以展销价每公斤 200 元的价格成为"全球最贵辣椒"。如今，枫树辣椒销量达到千万斤，早春辣椒、晚辣椒、秋辣椒、秋延后辣椒四季栽培，繁育基地达到 800 余亩，辐射带动种植面积 3000 余亩，成功带动 800 余农户走上致富之路。今天，余干人更爱叫它"丰收辣"，或许在余干人心中，丰收的喜悦更加适配这美妙的辣味吧。

余干人对自家辣椒的钟情，让人感慨。因为我发现他们的"自爱"里有一种自信，他们相信自己的所爱一定会带给你惊喜。这是一个判断，这个判断并不简单，它源于整个国家的发展进步，源于人们对更加多样化、个性化选择的认定与肯定。记得二十几年前我到东南沿海某城市去，其实我很想看看当地的老街巷，但是主人却非要拉着我去看他们最新建成的气派的会议中心和歌剧院，那种追赶大都市的心情让人印象深刻。此刻，飞转的时光将余干的小辣椒坦然呈现在访客面前，它不那么辣，却那么自信。

余干在鄱阳湖边，自秦代就已建县。它周边有南昌、景德镇两个机场，还有一个上饶三清山机场正在建设。经过这里的有浙赣、皖赣、鹰厦、京九四条铁路线，以及上海至瑞丽、北京至福州、济南至广州、南昌至德兴四条高速路。余干地方不大，却四通八达，并不属僻远之地。余干人也是南来北往见过世面的人，所以我相信余干人的自信不是盲目的，而是通过奋斗不断累积出来的。

在黄金埠镇胡家洲村，我见到不少老屋檐下挂着"好汉庄酒家"、"老房子茶舍"等招牌，白墙黑瓦的徽派建筑在山脚下一字排开，乡野趣味的休闲民宿引来众多都市客。木栅竹林间，花草掩映，游人穿行，正是当下中国秀美乡村建设中常见的场景。而不常见的是这里乡间小路上随处可见的"红马甲"。我到的那天，小雨淅沥，淡淡的雾色笼罩着村舍，而醒目的红马甲们在雨中依旧专注，他们不时弯腰捡起垃圾，然后放进身背的清洁桶里。这些红马甲背上统一印着"余干义工协会"，红底黄字格外鲜亮。在汤源村，我访问了一座"三清媚文学庄园"，这里有一群热爱文学的小镇女子。十年前上饶成立了一个文学社团"三清女子文学研究会"，在全市各县都有分会，余干分会就设在汤源村。小小的文学"庄园"古朴雅致，书香弥漫，写作、聚会、研讨成为工作劳动之余最美的享受。村子里一位年轻妈妈曾经在外打工，如今回到家乡，在庄园"打工"。她端庄大方地给客人端茶倒水，说自己读书不多，在文学社的熏陶下也开始爱读书了，每次在微信上给社团成员发通知或者在朋友圈发些感受时，她都要字斟句酌一番。这种学习的状态也感染了她的孩子。她欣喜地说，我家孩子看我这么认真，写作文都比以前更认真了！不知为什么，这些情景竟让我想起余干人夸耀自家辣椒时的模样，这些场景看起来毫不搭界，却让我感受到余干人内心的某种笃定，那是一种不再慌乱急切地向外张望，而是从容自信地希望他人来看看"我"的沉稳。

曾几何时，我们的梦想都是走出家乡，心驰神往更广大

汤源村三清媚文学庄园

的世界，因为我们需要更大的视野来观察和了解这个世界。对外面世界的向往，让我们步履匆匆，几乎不曾仔细打量自己的家乡，更顾不上品味家乡。如今，科技飞速发展，互联网把世界变小了，也把每个人的世界变大了。在这个浩大的世界里，人们似乎更需要些笃定的东西系住自己，这其中就包括我们的家乡。家园给我们一种定力，这定力根基广大，就像一座精神之塔，一层一层往上，越往上越丰裕、越朴素、越安静，也越深厚。

余干人说，春天来看油菜花吧，在大片大片的金黄里，你可以听斑鸠叫，闻花粉香，还能采鼠曲菜呢。

（作者系人民日报社文艺副刊主编）

江豚湾的笑靥

柳易江

这是何等奇妙的水上风光，
这是多么诱人的自然现象。
这是江豚的故乡啊，
这是水中熊猫的天堂。

一

水天茫茫，草汀苍苍。云帷低垂，浪波迭宕，疾风劲吹，苇荻颤摇。

置身浩渺湖湾，满目川野如画。湖岸大堤，如水上高速公路，蜿蜿蜒蜒，蛟龙出水般无尽绵延。这里是鄱阳湖，这里是著名的康山大堤，这里就是水城余干的江豚湾。

倚靠观景台，慕名而来的游客，兴奋中无不心怀期待，眼波流光。当地朋友笑言，能看到江豚的人，当年都会有好运相伴。言外之意，江豚不是那么容易见到的，与季节、天气、气温都有关系。春回大地，出水的江豚会慢慢多起来。

己亥初春，虽是雨水不断、寒意袭人，但毕竟是春江水暖，只要有足够的耐心，如垂钓翁一样静守，相信有洪福降临。

"快看，快看！黑色的头冒出来了，又拱出水面了。一头，两头，三头……啊！有好多，简直数不清了！"根本不需要望远镜，肉眼的目力所及，已是了然分明。只见一头头的灰黑江豚，如列队出行般在水中逆流而上。有的只浅浅地露出浑圆的脑袋，悠悠哉哉地闲游；有的用力弹蹿出水面，大半个身子腾跃空中，呈锐角三角形的尾鳍斜斜地插在水中。有的单枪匹马，有的成双成对，还有的是一家三口举家出行。最喜小豚无赖，伴游父母身旁，却在浪花里嬉戏耍玩，忽而侧转一个纵跃，忽而反向来个逆游，甚至跳上父母的背脊，妥妥地慵懒地享受畅游的快乐与水中的美食。那些动静越大的江豚，越能吸引鸥鸟的注意力。入水幅度大，水花溅起就愈多，水中鱼类惊跳的也就更多。这些腹白翅灰的江鸥，如直升机般盘旋在江豚的上方，浪炸起，俯冲疾，机警地捡着江豚大嘴边旁落的鱼虾。它们有的立于水面，在江豚游行的前方冷静守候；有的前后夹攻，围追堵截……豚鸥共生的水上食物链，让人想到山间的老牛与牛背上的白鹭。

一望无际的鄱阳湖，一盆清澈晶莹的大湖水。探出铅色身子的胖江豚，紧绷着艳红爪喙的白色鸥鸟，溅玉堆雪的浪花，浪花中应激的银色小鱼，岸边似剑如戟的青苇，湖州脆嫩郁青的蒌蒿，湖汊泊停的黑灰木舟，还有，康山大堤上发现江豚的一串串一片片的惊喜……

这里是鄱阳湖，这里是以水中大熊猫命名的江豚湾。江豚湾，鄱阳湖上的大湖湾，信江、抚河、赣江，三江汇合之

口，水急，且盈，水生动物极为丰富。江豚湾，水质优良
的天然深水港，水位最浅时也有 20 余米。这里以适宜的水
温、丰裕的食料，成了江豚栖息的理想家园。据当地渔政专
家介绍，近年每到春暖花开时，就有大队的江豚陆续游至这
片港湾，数量多达 200 头，占鄱阳湖水域江豚总数的二分之
一。在今年立春之后，就有朋友观赏到了 60 多头江豚集体
出行的场面，壮观的景象令他们至今激动难抑。为何？因
为，江豚是国家一级保护动物，处于濒危状态，目前中国仅
存 1000 头左右。把江豚比作水中大熊猫，可见其珍贵。早
在 2500 万年以前，它就来到了地球上蓝色的水域。其实，

它比熊猫的数量还少，原因在于它还不能人工繁殖，面临着功能性灭绝的危机。江豚，这个我国独有的种群，分布在长江中下游一带，以洞庭湖、鄱阳湖以及长江干流为主。前些年，因为生存环境被严重破坏，导致江豚种群岌岌可危。近年，随着生态环境的改善、人们保护意识的增强，看到江豚已不再稀罕。

二

七年前，我在吴城镇望湖亭下的所遇，至今历历在目。那天上午，寡薄的冬阳映射着有些急慌的赣江水流，几艘小型货船或顺流或逆行于水上。

风到湖区格外疾，为了抵御风寒，我不得不沿着沙岸小跑。忽然，就在眼前，离岸不足五六米的水中，有一铅灰色的精实发亮的动物背脊拱破水面，没有背鳍，分明不是鱼。这水中的体态，就像一头奋游的瘦肉型小黑猪；这油亮的外表，又似海里深色的小鲸。它与水族馆里表演的小海豚，何其相似！难道是江豚？脑中冒出的这一闪念，让我瞬间热血上涌。顺着它潜行的方向，我一路追逐。太奇妙了，在距上次出水位置约 10 米处，它的小脊背又顶出了水面，很快，再次潜入水中。一起一伏，节奏规律。它就像一个百米竞速者，紧张、竭力地向前飞驰。我断定，我与传说中的江豚相遇了！我与濒临灭绝的江豚在江湖交流的鄱阳湖保护区内不期而遇！

目随着江豚"奔跑"的方向，我原本激动的心情却有些忧虑了。这船来舟往的赣江、修河入鄱阳湖口的下游，急急匆匆、形单影只的江豚，是想快速逃离这片水域吗？它去的前方，是否有安全保障？但愿，它不会误入非法捕捞的"迷魂阵"，不会被电伤、炸伤……

终于等到渡船。面对我的疑惑，老船工在轰鸣的马达声中骄傲地大声回答："这片水面有好多江豚啊，我时常能看到，春天就更多啦！大的足足有200多斤重。""我的渡船对它没有影响的，它们会自己躲开，因为它的声呐系统很发达。"这么狭窄湍急的水域，江豚躲得开吗？我还是担心。"江豚这么多，证明我们吴城的水质好哇！"说到江豚，即便是当地人，也会表现出明朗的兴奋，更多的，他们还有内心的自豪。年轻人告诉我，他小时候还看过一二十头江豚在水面排着队钻上钻下，江豚有时候就像顽皮的小孩子，会在水里翻呀，滚呀，跳呀，高兴时还会点头、喷水，甚至会在水上来个突然转身的表演……

那天，老船工还特别提醒我们，江豚不能吃，是剧毒的，湖区也没有人去捕它。我笑了，但没有点破，他是把江豚与河豚混淆了。他的误读，反倒让我心中暗喜，我宁愿他将错就错并让湖区更多人持这种认识，这样，兴许更有利于对江豚的保护。因为，彼时，可爱的江豚还只是国家二级保护动物，正以每年5%的速度锐减，其极高的经济价值，正是利欲熏心者捕杀的动因。

还记得，当天我是追着落日赶上了最后一班渡船。登岸，却路遇好几个初中生气喘吁吁地往码头跑，望着已行至江心的渡船。学生们无奈中却透着平静。要是有一座桥，该多好?！我自言自语。让我惊异的是，这几个必须多付些船费请渡船加班的学生却不以为然：有桥当然方便，不过，修了桥就把生态环境破坏了，可能就看不到江豚了！

七年前，在吴城，在国家级自然保护区——鄱阳湖自然保护区的核心区里，孩子们生态保护的意识，已经深入骨髓。他们说，水里的活化石江豚就在他们身边，他们感到非常骄傲。

之后，那头望湖亭下的小江豚，成了我对鄱阳湖最感性的牵挂。

三

如果把长江比做一根常青藤，那么，鄱阳湖就是挂在常青藤上的宝葫芦。

鄱阳湖东南的康山大堤，一条死守长江沿线大城市的生命大堤。在 1998 年的抗洪决战中，它成为全省人民心心牵系的命脉。那一年，我曾两次踏上康山大堤，一次是盛夏水灾危急时乘着冲锋舟登堤；一次是中秋洪魔退去后随水利部门的越野车在大堤上颠行。两次的康山行，我都怀着沉重的心情并紧绑着安全的索链，洪水对生命的吞噬让人恐惧，灾后空如鱼骨的房梁令人心颤。

20 年后的大堤行，令人惊叹不已。如今的康山大堤，已仿若旅游公路；曾经众志成城战洪魔的地方，已立起了

"江豚湾"的石雕。康山，成了旅游胜地，春采藜蒿，夏吃龙虾，秋赏蓼花，冬看候鸟。从 2017 年开始，康山还多了一个尤其吸引人的项目——看江豚。长江流域一半的江豚栖息在鄱阳湖，鄱阳湖一半的江豚悠游在康山水域。

康山，这一湖美丽的清水。康山，江豚迷恋的家园。这里严打非法捕捞非法采砂，这里遏制电鱼禁止"迷魂阵"，这里大力推广绿色环保、引导科学种植养殖，这里还在全面推行人放天养、封洲禁牧……在这个省级江豚自然保护区，我看到了七年前国家级自然保护区核心区里老老少少们对生灵的敬畏对生态的呵护。

章晓军，一位从南方返乡的成功人士。一位把鄱湖旅游与生态保护有机结合的有识之士。他想设立江豚保护基金，他想建江豚保护馆、他还想建江豚繁殖基地，他的眼睛已经盯上了江豚湾对面的那片内湖水域。他想把专家请来，请专家们在基地做江豚的科研项目；他更想把渔民请来，请渔民面向游客在湖上做捕鱼表演，当然，还有那一排排规矩听话的鸬鹚们。身为渔民的儿子，他深知渔民出湖捕鱼的艰辛与收入的不确定。他想象着不久的将来，康山的水面会更加平静，船少了，水更清了，江豚更多了。

喜欢舞文弄墨的他，日日在文学中表达着对江豚的情感——丽日明媚波光，鸿雁鸣向北方，康山大堤伟岸雄壮。水天相接的鄱阳湖，船来豚往，逐浪的笑靥萌呆的模样。

藜蒿葱茏异香，芦苇腰肢柔长，遍洲的蓼花烂漫芬芳。游人如织的江豚湾，豚跃鸥翔，惊艳的舞姿欣喜的激昂。

江豚湾，江豚的故乡，水中熊猫的天堂。一个微笑的表

情，感染四海宾朋。

　　江豚湾，江豚的故乡，孕育精灵的海洋。一个美丽的名字，传遍四面八方。

　　这是章晓军写给江豚湾的歌。在观赏的注目中，在诗歌的吟咏中，他与江豚的情感，日益炽热。江豚，成了他朝思暮想的"情人"。

　　透过高倍望远镜，我把江豚看了个真切：它的阔嘴一张

开，钝圆的头部就分成上下两部分，地包天的大嘴，恰似那还未萌牙的婴儿的笑靥，嘴角似乎还有晶亮的口涎在流淌。

我心里认定，七年前望湖亭下那头慌急赶路的小江豚，也在这片平静安闲的江豚湾张嘴微笑。

江豚笑了。我笑了。人们都笑了。

（作者系江西日报社《井冈山》副刊主编）

诗意枝叶园

李春林

这是一块充满阳光雨露的土地，

这里呈现着一派生机；

这里蕴藏着深深的民情，

这里充满着浓浓诗意……

"衙斋卧听萧萧竹，疑是民间疾苦声。些小吾曹州县吏，一枝一叶总关情。"鄱阳湖畔，乌泥村南，深柳疏芦竹萧萧的"枝叶园"就是得名郑板桥此诗。

走向枝叶园，忽见悠悠烟水处，澹澹云山，泛泛渔舟；竹林隐曳，松针轻摆，梅菊凌霜，屋舍人家，一派桃源风光。居此处，日可观雁鸣于长天，晚可迎先月以登台；春可闻书声听风雨，秋可品墨图现大观。进得园内，意若竹、兰、石中之节、香、骨，便谓此园可居竹中神仙亦不为过。

这是百姓的一方休闲地，也是一方百姓游园寻梦处。

悠悠梦中，犹见昔日日理万机的郑板桥在衙署书房稍稍躺卧休息，忽闻窗外阵阵风雨吹动竹林，竹枝低首挣扎，给人悲凉凄寒之感；风竹萧萧然好像饥寒交迫的老百姓的呜咽之声，被枝叶声不停惊扰的郑板桥怎么也睡不安。衙斋所牵挂的是百姓疾苦，身在竹亭，心在市井……穿越时空，络绎不绝来到枝叶园的人们，尤能渴望和感受到郑板桥那份爱民之心。

夫枝叶者，秉天地之气成稼穑之劲。根系大地，以造化之理，生枝开叶，即便略遇风霜，亦能向外舒展以承阳光雨露，得阳光雨露以返根系；取天之能，复地之交，继而生生不息，往来不穷，见一园春色，可知其繁茂皆来源于根深柢固。

再加以体会，根便是枝、枝便是叶；以其作用来看，叶亦是枝，枝亦是根，其实只一物也，栋梁之材便是。根植大地，木不可无厚土以培其根。枝叶园所在正是乌泥村，乌衍生为乌金之意，为阳光充沛所在，古为太阳鸟、鸾鸟、凤

鸟，为凤图腾或言火凤凰；泥可解为凤凰栖居梧桐根植之大
地，五行火土不缺，火土相合以培枝扎根，富有阳光土地，
岂不根深木壮。郑板桥又有《竹石》诗曰：

> 咬定青山不放松，
> 立根原在破岩中。
> 千磨万击还坚劲，
> 任尔东西南北中。

　　这就是承受着太阳土地无尽恩惠的枝叶园的精神，也就
是萧萧修竹坚忍不拔之秉性的写照，也是经常光顾与热爱枝
叶园的游人、即是主人格物致知、修心养性的追求。

　　枝叶园内竹林绵亘不拘方向，随着地势原有高低，得景
随形意，依山傍以林；绿竹垂阴，水到渠成，潺潺流入莲花
池塘一コ，但见蜻蜓立于花尖，荷叶田田布列，一派自然生
机；濯魄清波，荷风遥送，递香幽室；飘飘袅袅，劲叶日高；
时时刻刻，适耳目之观，一物一丝备家常之用；非莲荷无以
诠释此种意境，莲之清芬与竹之高远，相得益彰。池畔莲
亭，亭亭玉立，一副刻字楹联，龙飞凤舞，悬挂亭门两侧柱
子上。抬眸凝视，人们会情不自禁地诵读起来：

> 一室书香五树柳，
> 满池荷影濂溪风。

　　徜徉园中，小径回环，方圆并举；来往通衢之路旁，有

石凳，木椅，参差以深树中，可坐观古木繁花，尽享心田宁静。那一片竹林，最为赏心。若是郑板桥再谱《风竹图》以此竹风为景，即使同僚上司包括公见之，无诗或亦能会意。竹之节履春秋而不移，所以苏东坡言宁不食肉，居需有竹；竹可治俗，而人更需精神陶冶性情，"人瘦尚可肥，士俗不可医"。为何宁瘦不可俗，只看满园清风竹节便知其然而知其所以然。

再往园内漫游，可见大小不一的景观石，光明磊落，卧坐园中道旁。石上按朝代顺序刻满文人墨客、名人大家吟竹诗词；诗词书丹与石体血脉相连，仿佛与石俱生；一百多座景观石，一百多首吟竹诗，诗意盎然，蔚为壮观，更加增添古往今来"一竹一兰一石，有节有香有骨"之凌云气氛。观石吟诗，似见古今贤士聚会园内石座，唱和吟竹歌诗。且不再说郑板桥那石竹"咬定青山不放松"，墨入石头三分，"我有胸中十万竿""为凤为龙上九天"；竟还看到关羽谢辞曹操"丹青独立名"之气节，"莫嫌孤叶淡，终久未凋零"；还有谢朓"窗前一丛竹，青翠独言奇"；白居易"水能性淡为吾友，竹解心虚即我师"；王维"独坐幽篁里，弹琴复长啸"，苏东坡"竹外桃花三两枝，春江水暖鸭先知"……他们和江西的诗人王安石、朱熹、郑谷、杨万里仿佛也从各自朝代各个城镇来到今日枝叶园，大发诗兴。在那刻着《咏竹》的石头上，我们仿佛还听到清贫革命者方志敏不屈不挠的诗声：

雪压竹头低，

低下欲沾泥。

> 一轮红日起，
> 依旧与天齐。

我们又仿佛听到毛泽东坐石低吟：

> 斑竹一枝千滴泪，
> 红霞万朵百重衣。
> ……

转身来到枝叶园一个侧门口，人们驻足瞻仰着两旁一幅石刻楹联，大家情不自禁地念了起来：

> 寸草寸心恋故土，
> 一枝一叶关民情。

那是土生土长的乌泥人吴官正，从北京回到故乡省亲时抒发的浓浓乡愁……小时候他曾在这里放过牛。

诗声方罢，又闻眼前一盆幽兰正吐芳香。《易经》云：谦谦君子，其嗅如兰；想必温润如玉与其嗅如兰意义相似，一从眼，一从觉，概人之谦态，不外乎高而不恃，香而不彰。《易经》之谦卦云：以山之高藏地之下，蔽艮之伟岸显坤之广大，非谦之又谦，何能如此。

若至深秋时节，园内百花皆谢，唯松、竹、梅，即古人谓之"岁寒三友"不凋。南宋赵孟坚将此"三友"定格入画，他说：

浓写花枝淡写梢，
鳞皮老干墨微焦。
笔分三踢攒成瓣，
珠晕一圆工点椒。

　　赵孟坚创作手法得体，得意，得"岁寒三友"之精神造诣，之所以说其得精神还因其兰花绘画亦得要领，"一笔长、二笔短、三笔破凤眼"，传神、达意。他在墨兰长卷中题上"纯是君子，绝无小人"的话，后世画"岁寒三友"以及咏兰者多宗之。清董邦达及吴昌硕也以"三友"为旨作画，皆因感念天地间此等造化之美，节操之良。若把整个枝叶园看作是一长幅画卷阅读，一如赵董吴之画，此丹青手便已得体、传神、达意。画园中意境崇高，梅花尚为蕾，青竹尤为绿，松针缀露，兰叶托雨，虽寒薄而天暖，一园君子清风，雅气。

　　此时身在枝叶园里，蓦然想起江阴之兰亭，天下第一书的《兰亭集序》演绎了王羲之对生命无常发出的感慨与悲伤："后之视今，亦由今之视昔，悲夫"，一次兰亭雅集，曲水流觞，饮酒作诗，一篇不朽的《兰亭集序》让时空穿越，古今永会于兰亭。而枝叶园满目琳琅的景观石上诗，也让世代诗人、圣贤以竹之气节，相聚共鸣。今戊戌秋后，秋冬交集，神州各路文坛大家，会于枝叶园，虽无品类之盛，无流觞曲水，却也天朗气清，惠风和畅；茂林修竹，一枝一叶，一觞一咏，情随事迁，感慨系之，各有兴怀。

　　枝叶园虽无兰亭之鹅池石碑和《兰亭集序》，却也有一

方江右布衣所撰《枝叶园记》石碑，碑石简陋，不知撰者何人，足见来自民间；书丹虽不入流，苍茫走笔却清晰可见连筋通脉的节与骨。《枝叶园记》篇幅虽短，不以艰深文其浅陋，而以淡泊明其高远；写"游园内荷影池塘，柳竹清风，乡邻与当地官员，游憩除庭，同话桑麻，忧乐与共"；变美景为人文，化平凡为神奇，一枝一叶总关情，点出"民贵泰山"之龙睛，"爱民者民亦爱之，亲民者民亦亲之"。文以园存，园以文存，这妙言哲理，堪比《岳阳楼记》的"先天下之忧而忧，后天下之乐而乐"，将也与世长存。所谓与世长存，就是让不同时代背景人，或先贤政要，或俗子过客，走在相同时空大背景下神交梦思，相互释疑，骋怀感事，忧国忧民⋯⋯

枝叶园内，天然景致故不虚言，人文集萃尤可圈点。眼帘处，处处书香墨语，碑联石刻相缀。正因此古今名人，才能穿越时空，相会斯园，风咏于墨宝，枝叶声动而情切于百姓，处江湖之远而心忧社稷。文以化之，文以载道，乃至文以兴邦。中华文化不朽处，枝叶园内可见一斑。这就是满园春色、竹绿盎然的枝叶园最高的境界。

（作者系诗人、作家、编审）

鄱湖明朝更风流

伍 飞

喜看现在，梦想未来，
一切追求都比现实精彩，
古老的湖光水色，
将会创造更新更美的品牌。

鄱阳湖是中国最大的淡水湖，几乎家喻户晓。而位于鄱湖之滨的江西余干县，长期以来，却似乎有点默默无闻。因为交通不便，这个历史悠久、文化底蕴雄厚的小县，却仿佛一直笼罩在岁月的烟雾之中，让外界难识其庐山真面目。

戊戌年深秋，我与在京的部分作家和记者一道，有幸受邀参加了'鄱阳湖采风行'活动，主要时间是在余干县度过。让我对这个位于鄱湖之滨的小城，有了较为深刻的认识。以至于今日提笔，脑中即刻掠过一种"畅想"。

余干设县较早，早在秦时，古称"馀汗"，拥有2200多年的历史，为江西18个古县之一。自古以来，也是人杰地灵。号称百越领袖、"江西第一人杰"的汉长沙王吴芮、宋

田园鄱阳湖游客服务中心

代右丞相赵汝愚及诗人李思衍、理学家张遇等一批忠臣良相,雄才俊杰,都出自这里。

　　吴芮举义反秦、朱元璋在余干百姓协助下大战陈友谅的故事,在当地更是远近闻名。尤其是朱元璋大败陈友谅后在康山建立的忠臣庙,距今已有 600 余年历史,不仅在历史上声播久远,在今天也有现实意义。因为忠孝的美德无论何时

何地，总是永恒的。

在此次"鄱阳湖采风行"活动中，我们考察了余干的民俗村、文学社和旅游景点，都有不少可圈可点之处。虽然总体感觉有点"新"，但如果您了解余干的过去，您便会为它今天进步的足迹感到骄傲。

据当地领导介绍，余干还是一个贫困县，正快马加鞭追赶沿海和周边发达地区。在听介绍和亲眼所见中，我为余干独特的资源所惊叹；在与当地干群打交道的过程中，我也为其饱满的工作热情所感染。作为一个文化旅游学者，我想借此机会，对余干的文旅产业的发展谈点拙见。

在国家提倡大力发展文化旅游产业的今天，全国各地都在如火如荼发展文旅产业。品牌建设又提到议事日程上来。因为只有品牌，才有竞争力。而发现自己的核心价值，找到自己的核心资源，并因此铸造自己的核心竞争力，显得尤为重要。

余干的核心资源在哪儿？当然是鄱阳湖！据悉，余干水域面积达 640 平方公里，是鄱阳湖地区水域面积最大的县份。鄱阳湖中不仅有大量水禽鱼虾，每年全球 99% 以上的白鹤还飞到鄱阳湖过冬，而余干境内占其总数的 95% 以上，所以余干早有"梦里水乡，候鸟天堂"的美誉。

发展旅游产业，拥有独一无二的资源便具备了上天赐予的先天优势。余干拥有了鄱阳湖，便拥有了世界级的旅游资源，这是不可复制的资源。所谓"旅游整合世界"，指的是一个地方影响世界的能力，具有世界级的旅游资源是基本条件。

但拥有好的资源，并不天生拥有"整合世界"的能力，把资源传播出去、形成品牌影响力才能真正产生生产力！

世界上许多国家或城市，只有一个支柱产业，那就是旅游产业。例如希腊，只有旅游业和船运业，而船运业大部分也是为旅游产业服务的；还有水城威尼斯，就只有旅游产业。目前旅游产业在余干的 GDP 中所占比重并不大，但只要规划得好，成为像威尼斯那样的世界级旅游城市也有可能！

首先我们站在世界的高度，来盘点一下鄱阳湖的最有价值的"宝贝"。鄱阳湖是中国最大淡水湖，虽在世界只排在第四位，但其候鸟群却是其他湖所不具备的。据悉，英国查尔斯王子曾先后 9 次到鄱湖观赏候鸟，足以说明鄱阳湖以天鹅为代表的候鸟群，在世界范围内具有竞争力。

我们知道了自己的核心价值所在，下一步就是如何将这一核心价值放大做强的问题。因为你的核心价值放得越大、做得越强，就越与众不同，你就越有市场竞争力和吸引世界游客的"磁力"。当然，把核心价值放大做强不是件容易的事，我在此的拙见希望能取到抛砖引玉的作用。

例如，在国家鼓励建设特色小镇的大背景下，我们可以在鄱阳湖滨打造一个"天鹅小镇"，这样便在世界范围内树立了一个"特色"标杆。天鹅是老少游客都喜欢的鸟类品种，不仅在中国，在崇尚自然的欧美，更是如此。所以我们的旅游品牌可以从国际做起。

文化是旅游的灵魂。而"天鹅小镇"文化内涵塑造具有得天独厚的条件。就拿世界经典芭蕾舞剧目《天鹅湖》来说，

自柴可夫斯基 1876 年创作以来，一直是世界舞台长盛不衰的剧目。目前地球上有成千上万个剧团，每天都在上演着这个品牌。

"天鹅小镇"与《天鹅湖》有着天然的联姻。假使我们在"天鹅小镇"建一个世界一流的剧场（类似个性独特的悉尼歌剧院），并遴请世界各地的芭蕾舞团来到真正的天鹅的故乡演出《天鹅湖》，势必受到世界各地芭蕾舞演出团体的欢迎。

俗话说："与凤凰同飞，必成俊鸟。""天鹅小镇"与世界文化名牌血脉相连，自然容易成长为世界名牌。而这种创新的文化运作模式，也必然吸引全球公众的目光。对于余干

鄱阳湖开鱼节

来说，文化自信和世界胸怀是成功的保证。古人云："栽好梧桐树，不愁凤凰来！"

除了候鸟群，江豚也是鄱阳湖的另一大特色。海豚是世界游客普遍喜欢的一种水下动物，许多公园都有此项目。但江豚少之又少，而在野外能集中观赏江豚的地方，在世界范围内就更少。所以把现有的江豚湾按国际标准进一步打造，和天鹅相结合，定能取到 1+1>2 的效果。

无数经验证明，无论是一个企业，还是一个城市抑或一个国家，品牌的塑造都是一个持续的过程。但好的思维和运作模式会缩短品牌成功的历程。旅游有六要素即吃住行游购娱，一个地方的这六要素是否能够良性循环，都与其品牌息息相关。

而像余干这样有条件的地方，在品牌建设过程中高举高打，着眼于国际定位，充分发挥自己所独有的、其他地方无法复制的先天优势，加之于国际化的人才培养和使用，与世界一流机构合作，是完全有可能取到事半功倍效果的。一颗鄱湖明珠——新诞生的世界级的旅游目的地是完全有可能屹立于东方的！

（作者系国际旅游学者）

鉴古烁今余干行

秦文晴

余干行的所见所闻，

记忆犹新；

余干像块宝石，

与时日一同放射光明……

　　2013 年深秋季节，北方已是寒风阵阵，南方却仍然弥漫暖意。我有幸和在首都的作协、新闻界的老师们一起，参加了"鄱阳湖采风行"活动，虽然时间短促，有点走马观花，但一路风尘里，似在画行中。此次活动的主要阵地余干县，给我留下了难忘的记忆。

　　余干秦始置县，古称"馀汗"，拥有 2200 多年的历史，自古以来孕育出百越领袖、号称"江西第一人杰"汉长沙王吴芮、宋代丞相赵汝愚及诗人李思衍、理学家张遇等一批忠臣良相、文人士子，历史文化底蕴深厚。

　　吴芮举义反秦、朱元璋康山大战陈友谅的故事在当地更是家喻户晓的历史故事。这两个故事从侧面衬托出余干人的

剽悍民风和侠义心肠。朱元璋大败陈友谅后建立的忠臣庙，更是对当地人此一文化性格的褒赞。

忠臣庙位于鄱阳湖边，分前、中、后三进，前进为定江王殿，中进观音堂，后进为安放36忠臣塑像大殿，曾有文字记载："红墙黄瓦，屋角翘然，描金描彩，宝顶流光，居康郎，气势雄壮。"

数百年来，在历史岁月中虽几经侵毁，但忠臣庙始终屹立不倒，说明"忠"之精神是永恒的。正如俄罗斯总统普京所言："如果没有忠诚，能力一文不值！"在国家大力弘扬传统文化的今天，我们看到忠臣庙已被修复得颇具规模，游客络绎不绝。

余干之美在于水。其水域面积达640平方公里，是环鄱阳湖地区水域面积最大的县份，每年全球99%以上的白鹤到鄱阳湖过冬，余干境内占其总数的95%以上，因而素有"梦里水乡，候鸟天堂"的美誉。

我们此行到达虽已是深秋，但远远向湖中望去，似乎飘扬如雪的芦花仍在远处白茫茫一片。据悉，春看碧草连天、夏睹浩瀚水面、秋赏如雪芦花、冬览蔽天候鸟为鄱湖四大美景，吸引远近游客四季游览。

鄱湖不仅有世界最大的越冬候鸟群，还有世界独一无二的"江豚湾"。夏季是观赏江豚的最佳季节，但我们一行站在康山大堤，仍不时目睹到江豚的跳跃、翻滚。鄱阳湖是长江江豚主要栖息地，也是江豚的最后避难所。"江豚湾"寓教于乐，真乃风水宝地。

余干之美还在于山水融合。县城东山岭为当地海拔最高

黄埠宝应峰

之地，林木葱郁，风光旖旎。山下有一湖，曰琵琶湖，湖水清澈透亮，泛舟湖上，可观东山岭，站在东山岭，也可睹泛舟之人，山水相间，美不胜收。

宋代王十朋曾有诗赞美余干曰："干越亭前晚风起，吹入鄱湖三百里。晚来一雨洗新秋，身在江东图画里。"道尽了这个鄱阳湖之滨小城的秀美清灵之气质。夜间立于东山岭上的余干宾馆，望山下灯火，神清气爽！

据当地干部介绍，余干还是一个贫困县，但其经济的活跃和文化的气氛给人的印象似乎离此十分遥远。此行我们参观了民俗村、文学社，"老船长酒吧"、"老房子茶舍"、"七〇河文艺社"等富有品位的场所让我们真有留下来"久居"的愿望！

在大力发展旅游的大背景下，余干有自己得天独厚的优势。此行我们参观的其他几个景点，也都有可圈可点之处。随着昌景黄高铁的即将通车，这个昔日交通不便的小县城，到南昌只需 15 分钟，到全国其他地方也有根本改观。余干像一块宝石，正快速推向世界……

（作者系世界旅游画报社编辑）

千年古樟状元树

天　郊

一棵千年古树，
枝繁叶茂扎根沃土，
是大自然的骄傲，
也是乌泥人的写照。

戊戌初冬，微寒还暖，与友人同游余干乌泥镇千年古樟状元树。顺着一条狭长的湖岸长堤望去，只见远处鄱阳湖面薄雾轻哝，湖光山色似橘黄蟹肥，仿若季秋；水上人家的小木渔船依湖靠岸，微波低吟，似在默默享受着丰收喜悦，其内心感悟不亚于亭台楼榭的昆曲评弹。幸福之源无疑来自这一泓十里、长天无际的鄱阳湖水吧。

眼前的树影倒映在鄱阳湖清波里，鄱阳湖仿佛一面波动的天大镜面，深流千年，映照着沿岸人家的喜怒哀乐。也不知经历多少江风渔火，炊烟农忙，明月秋霜。水之为明，因其不隐万物之形，比之铜面明镜更为熨帖，不但可照见万物的外形，还能依万物之形状，随万物形质而变化流转。古人云，圣人之心就似这碧水清波一般，能深流百姓之心，明察百姓喜怒哀乐；有了一心通百心，一世知百世的社稷栋梁安邦理家，国之昌盛，家之繁华岂非理之所然，道之所以？眼前这生机勃勃一望无际的新景，正是湖水明镜，水天一色，让人真正理解了什么是国泰民安。

转堤下岸，不久就到了乌泥镇，不几步就看到一片浓荫，枝繁叶茂，庇荫着千家百姓。近观时才见三树连枝，冠擎云天，不亚于庐山三宝树雄姿。刚见无边湖水明镜，又见耸天古木浓荫，此情此景，蓦然想起晋人谢混诗："惠风荡繁囿，白云屯曾阿。寒裳顺兰止，水木湛清华。"更想起清华园引人入胜处的一副长联："槛外山光历春夏秋冬万千变幻都非凡境；窗中云影任东南西北去来澹荡洵是仙居。"这诗和长联好像就是为眼底风光所写，而此地水是鄱湖第一水，木是千年古樟树，风色大观第一。

听友人介绍，乌泥镇这千年古樟经年累月地不断生长，根须直深入大川小河水底，不断汲取大地的自然养分，水木相通，发枝开叶，才衍生出了那亭亭如伞盖、葱茏胜繁的千年古樟。如此造化奇观，虽九州广大，亦难得一见，且得古樟精神领悟，风水滋润，乌泥镇人才辈出，古往今来，屡出"状元"名士，故千年古樟又名状元树。徜徉古樟树下，忽见一石碑刻，刻有一篇《古樟铭》曰：

> 余干乌泥有古樟两株，连理而生，大可十围，虬枝逸出，根系龙盘，冠如华盖，古有方士得天地正气。金乌为日，泥之为地也，后必有圣贤出焉。村旁庠序有贫

家学子吴氏，尝于晨曦坐读树下，得天地精华，沾香樟正气，后果为当代名臣，登入庙堂，官居"总宪"，名列"九卿"，官声政德，心口同碑，证其言之非妄。有过客询之乡人得悉其详，感其灵异勒石志之，以示过往，并为铭曰：其山苍苍，其水泱泱，风顺帆正，继之以航，古樟新枝，荫庇后人，百世其昌。

过客戊戌年仲春立

铭文文风古迈，行句雄浑，详述景致渊源，读罢令人肃然起敬。文中所述灵异所感非虚言也。古樟大木，风景异常，实可感动一方地脉人心。古人云，地表之上唯木之美可观赏，故仓颉造字当中的"相"字便是"以目观木"。一般林木皆可欣赏，木中菁英则更加值得仰望，珍木难寻，相仕难得。但见眼前这擎天古樟，雍容华雅，暗香绕枝，绿沁脉

端；根扎大地，且厚重浓荫，温和又庄严。枝丫间，冬日暖阳穿过叶脉，投射点点金光，与不远处粼粼鄱湖，星影交加；那片片绿叶，一叶一世界，似乎包容着三千大千世界之芸芸众生，一起共享这温暖时光。

木之可贵不仅在于其外观之佳美，亦在其树体之所用。概所谓材者，均出自木，非木何以为材；因人言之，人所不能而能之者谓之才，且需才为正，圣贤所以惜乎才之难者，因其能成天下之事，而归之正者寡也。建屋造厦，需实木真材；治国承家，正才则更加难得。状元古樟正是这等有用之良材，树下辈出精英正是这等济济人才。

一如铭文所述，屹立鄱阳湖南岸的状元树，中挺枝干，根盘大地，枝状如虬，叶盖如伞；寒来斗风挡雨，炎夏荫护一片清凉；春回蓊郁翠绿，秋日散发习习清香，让树下人"坐享其戒"，或读书，或纳凉，或送迎，乡人谈古论今，代代童叟嬉戏，树下阅尽沧桑。

有史记载：战国末年，夫差六世孙吴申，"事楚考烈王，官止大司马，因谏封春申君，获罪谪居番邑"，吴申受挫，仍不坠青云之志，老当益壮，风雨奔波，辛苦辗转，定居余干五彩山；生子吴芮，又扶幼携稚，力挺后代艰难中崛起。说不定，最早欲寻求乌泥宝地并欲栽培状元古樟的精神园丁就是这命途多舛的吴申。

转瞬至汉，吴芮继承父志，或曾拥兵古樟树之地，播下古樟种子，告别乡老赴战，佐汉高祖而定天下，因有大功而被封长沙王；其后裔繁衍，唐宋以降，一如古樟，枝繁叶茂。

唐朝著名诗人刘长卿，因南贬北归路过余干，"平沙渺渺迷人眼，落日亭亭向客低"，也许就驻足在乌泥古樟树下，忧国忧民，发出"孤城上与白云齐"感慨，留下千古绝唱《登余干古县城》。

宋时余干乡贤赵汝愚，时为右丞相，力主抗金，或曾风尘仆仆，昂首路过古樟旁，冲风冒雪，千里出征；后遇国之危难，毅然定策宫中，担当稳定天下，而对求官跑官者一律拒绝，后被奸臣构陷，客葬他乡，"登临顿触他乡感，不为思亲也涕零"（邓振声诗）。

又至宋末，吴氏裔孙吴铭，身为贡生，与同代爱国将领、诗人谢枋得诗词酬唱，针砭时弊，情投意合。他对元朝统治不满，长期隐居不仕。后从五彩山迁居这九垅十三岗形似莲花之地，并赋以诗情画意，乌金太阳，大地泥光，莲花灿烂，人丁兴旺，并取村名为乌泥。也许就是他开始扶植根深蒂固的状元古樟，昭示着后来继上，书香延绵。他在古樟树下，宣示了以唐诗人杜审言一首五律诗，一字一辈，定为吴氏世系辈分排行，诗曰：

北斗挂城边，南山依殿前。
云标金阙迥，树杪玉堂悬。
半岭通佳气，中锋绕瑞烟。
小臣持献寿，长此戴尧天。

杜审言诗，意在关切社稷，与后来杜甫"致君尧舜上，再使风俗淳"一脉相承，充满爱国思想，这既是杜家传统，也有吴氏家风。从此乌泥吴氏后人立身修德，耕读传家，与乌泥各姓人氏共建乌泥大家园。

乌泥人才后来继上者，有目共睹的是当今乡人吴官正，他曾在古樟树下学步，识字，发愤攻读，并以全省高考状元，进入清华；他曾宁静致远，观树前池塘亭亭荷芰，一尘不染；他曾如古樟独立不惧，只奉献不索取，察古今，傲宇宙，坚毅不拔，奋力向上；他曾从古樟树下积跬步，走万里，忧国忧民，出乌泥而闯世界；最后走向京城，任职中央，终而执掌乌台，纠察百官，成就了父亲在古樟护荫下为其取名官正之初衷。

2018 年 8 月，吴官正和张锦裳夫妇一封写给余干中学校长和校友的信，传到千年古樟状元树下纳凉的人群中，人们为乌泥又出新"状元"好评如潮，这真是"古樟新枝，荫庇后人，百世其昌"。原来，2018 年高考荣录清华大学的史婉晶和荣录北京大学的吴定贞，都是余干中学学生，乌泥人。他俩写信向北京吴官正爷爷和张锦裳奶奶报喜。吴官正和张锦裳都是余干中学的老校友，他俩在中学相读相恋老樟树下，相亲相爱天南地北，相濡以沫白头偕老，今遥知乌泥又出人才，二老高兴不已，便以校友的名义写了一封情满故土的回信。二老有心为两位素不相识的孙辈学生取得好成绩而高兴，而亲自动笔写信祝贺，而署名只署学长。草木有知，千年古樟下刚刚长出枝叶的小树也感到荣耀，刚刚中了"状元"的学生会得到多么崇高的向往与鼓舞！知崇礼卑，这是给新"状元"终生受用的一种无价奖励与力量。

这也是跟下乌泥千年古樟的哲学，根须越往低处走，枝叶就越往高处长。根须深入到鄱阳湖最底层，"其山苍苍，其水决决"，水木清华，繁茂的状元古樟生生不息，源源不竭的雄浑之水与这生生不息的直木之材，构成了一股难以言表的厚重力量。一生二，二生三，三生万物，三棵千年古樟就长出了万千气象，"养天地浩然正气，育满园枝叶清风"。承天载地，为后世萌福，为人间繁华。

（作者系中国作家协会会员，诗人）

乌泥记行

李春林

乌泥，阳光下的土地，
这里有不平凡的历史演绎；
这里的风光这里的人，
留给人们多少记忆……

汽车从余干县城往西北康山大堤急驰，鄱阳湖沿岸风光无限，山远水阔，人文荟萃，思接古今。鄱阳湖乃赣鄱大地母亲湖，河纳百川，千年万载把赣江、抚河、信江、饶河、修水等一路大川小溪，万舸千帆，一往情深，纳入怀抱。

余干县名就在汉代因湖畔的馀汗水而得名，江西第一个历史人物吴芮就出生在余干五彩山，吴芮曾"佐汉高祖定天下，有大功，封长沙王"，"是为余干吴氏始迁祖"……

多少年后，唐朝著名诗人刘长卿，因南贬北归路过余干，留下千古绝唱《登余干古县城》，诗曰："孤城上与白云齐，万古荒凉楚水西。官舍已空秋草没，女墙犹在乌夜啼。平沙渺渺迷人眼，落日亭亭向客低。飞鸟不知陵谷变，朝来暮去弋阳溪。"这篇情有余味、兴在象外的诗作，记录着诗人当时与古县城形影相随，道不尽的眼底白云、秋草、平沙、乌啼和落日，衬托出其忧国忧民的情状；正是对远古年轻余干的春色无边，花香鸟语，蒸蒸日上，繁花似锦的赞赏与怀念。一座阅尽万古荒凉，沧海桑田，陵谷幻变，与白云齐天之孤城，能不令人高山仰止，肃然起敬，感慨万千！……

　　回到当下眼底，望不尽水天浪涌、波涛澎湃的鄱阳湖，不久就到了鄱阳湖东南的康郎山。640 多年前朱元璋与陈友谅鄱阳湖大激战，就发生在这里。历时 37 天，朱元璋以 20 万吴军，军纪严明，指挥若定，对投降者格杀不论，"以时动之师，威不振之虏，将士一心，人百其勇，如鸟鹜搏击"，一举歼灭 60 万陈友谅的汉军，以少胜多，震撼历史。康郎

秀美乌泥

山大战，使朱元璋奠定了朱家明王朝帝业即吴王位，他没有忘记鄱阳湖大战的死难将士，在康郎山建造了一座"忠臣庙"，我们还可在庙内三殿看到 36 位武臣神像。……出"忠臣庙"，片刻转身下堤，便进入了乌泥镇。

我们要去的，就是这座积淀着上述历史文化而得天独厚的美丽江南古镇——乌泥。

乌泥，古来九垄十三岗，地势形似莲花，此乃风水宝地。吴芮后人吴铭从五彩山迁居此村，始取名乌泥，意在乌为太阳，泥为大地。

乌泥，太阳照耀的大地，土壤乌黑肥沃，春种秋收，稻香鱼美，五谷丰登。

如今乌泥，风光旖旎的互惠河蜿蜒穿行，古朴的村落民居隐现于青山绿水间；夏日的村前屋后摇荷接天碧，莲花朵朵开；绿树掩映，小桥虹伏，流水潺潺，虫鸟飞鸣，亭台榭阁相映成趣，汲天地之灵秀，纳珠玉于锦囊。最引人驻足游览的地方就是小镇南边的枝叶园。

枝叶园原是小镇群众活动的休闲场所，一如城市公园一角，园为竹木葱茏，以石为座，常有百姓与领导闲来游憩其中，乡邻父老，童稚之交，忧乐与共，同话桑麻，渐而形成南来北往游客游览之地。为倡导廉洁之风，有识之士借枝叶之自然与人文特色，取名枝叶园。园名寓于清人郑板桥诗《潍县署中画竹呈年伯包大中丞括》，"衙斋卧听萧萧竹，疑是民间疾苦声。些小吾曹州县吏，一枝一叶总关情。"旨在提醒官员不忘百姓疾苦，亲民为民、爱民知民的公仆情怀。

枝叶园现被立为江西省廉政文化建设示范点。

　　枝叶园门楼大柱上，镌刻着一副对联"春风雨露荫泽大地，百姓耕耘康乐人间"，寄托着安康于百姓的愿景。走进园内，可见两座石碑，一座刻有"民贵泰山"四个大字；一座刻着江右布衣撰写的《枝叶园记》，文笔古朴流畅，状景描物、写人叙事，历史与现实结合，感情与景情相融，变景物为人文，化平凡为神奇；阐述《枝叶园》的由来和"爱民者民亦爱之，亲民者民亦亲之"的主题思想。

　　踏上幽径小道，扑入眼帘的是偌大的一块块景观石，错落有致地卧立路旁。石本无语，枝叶有声，细看时，每一块大石上都镌刻一首咏竹诗，"凛凛冰霜节，修修玉雪身"，100余块石头让我们知晓，这里美丽的石头都会说话。唐宋元明清，近代现代，诗词曲赋，镌在石上；"劲节虚衷堪大任，扫除冰雪岂惧寒"，每块石头都以咏竹为题，姑妄称之为诗石，说的都是清廉故事和道理——为人要像石头一样有骨气，为官要像竹子一样有气节。就像郑燮诗石咏唱的《竹石》，"咬定青山不放松，立根原在破岩中。千磨万击还坚韧，任尔东西南北风"，意志坚定，震撼人心。站在方志敏诗石旁，我们仿佛听到他的声音："雪压竹头低，低下欲沾泥。一轮红日起，依旧与天齐。"一个信仰坚定而清贫的共产党员大官，永远屹立在历史石山上。

　　枝叶园一竹一莲一石，有节有香有骨；石凳石椅也会说话，"公生明，廉生威"，字字入石三分；池塘莲花绽开，满园扑鼻莲香，石雕莲花喷水台，喷出的是清净的水；枝叶园围墙雕刻着形态逼真的梅、兰、竹、菊、荷、松，这些花的君子，守望着纯洁操行，高雅气节，廉正作风。

　　乌泥，太阳照耀的土地，拒绝滋生腐败的土壤，枝叶园里长出的是"清正廉洁"的花木，生长着人民幸福的向往。

　　打开枝叶园的一个侧门，进入另一清凉世界。侧门两边刻着一副对联："寸草寸心恋故土，一枝一叶关民情。"我们看到里头一间陈旧老屋，老屋门口角落，立着一座放牛娃牛背读书的新石雕。放牛娃土改时家中是佃农，分到地主的这间牛栏，改为全家居住的房间。这老屋我们在《闲来笔潭》里看过，当时主人被逼债的人大骂："就是你还住牛栏，这么破，这么矮。狗都跳得过去。"放牛娃住牛栏时想上学而无钱，曾在学校墙外偷读，有诗云："牛背一横墙有耳，偷读墙内书声琅。焚膏继晷书山路，锥股敢悬发上梁。"

　　放牛娃终于在中国共产党的培育下，信仰坚定，正道直行，"耕读自励、登杏坛于清华。为学则优，为官则正、则廉、则勤。……执掌乌台，纠察百官，整肃吏治。"

　　如今斑驳陆离的老屋门口两边墙壁上，刻着一副清晰的对联"衣民之衣怀民之忧，食民之食事民之事"。我们看到，老屋里头还珍藏着中央政治局原常委、中纪委原书记吴官正退休后的绘画作品——《良官赋》，此画发表在贪污腐败分子猖獗期间，成为反腐倡廉的先声，一时石破天惊，大快人心，影响全国。"你无点墨靠送钱，编织关系滥用权，贪污受贿骨头贱，常说假话上下骗，道德败坏天人怨，判刑坐牢退民田。"几年过去，画中良官骂赃官的那句"判刑坐牢退民田"，已在反腐败斗争中渐渐兑现。为此坊间有诗云："艳雨奢云亡国事，贪赃枉法雾霾空。乌台力掌平民怨，斩除腐败护旗红。"

　　走出老屋，来到千年古樟下，此乃乌泥一大巍峨景观。古樟三棵，齐肩互峙，雄奇伟异，正直堂皇，屹立鄱阳湖南岸；中挺枝干，盘根错节，相抱相拥；似见根须逶迤莽莽，直下鄱阳湖 3150 平方公里湖底；枝状如虬，叶盖如伞，树冠投影 400 平米，寒来斗风挡雨，炎夏驱暑纳凉，春暖蓊郁翠绿，秋日习习清香。或读书，或健身，乡人谈古论今，代代童叟嬉戏，树下阅尽沧桑；苍劲古樟，不老雄姿，客迎日月南来北往，聚会风云生机盎然；只奉献不索取，仰观宇宙，怀抱古今，坚毅不拔，奋力向上，护荫民间；人称其为清廉古樟状元树，昭示着乌泥英才辈出，百姓安康。

　　乌泥，太阳照耀的大地，没有滋生腐败的土壤，生长的千年古樟，给百姓世界一片清凉。

　　乌泥，太阳照耀的大地，彻底清除滋生腐败的土壤，让九垄十三岗莲花座，生长着高耸入云的民贵泰山。

　　　　　　　　　　　　　　（作者系诗人、作家、编审）

千年古樟记

春 天

一位匆匆过客面对古樟，

热血高涨豪情奔放。

呼天地正气，

唤百世其昌。

一位著名画家说过：风景即心境。当我们再次来到鄱阳湖南岸乌泥镇，走进几棵连理古樟偌大浓荫伞盖下，仿佛进入另一清凉世界，融入一幅远古风景画中；孕育了千百年之古樟芳香沁入肺腑，繁枝茂叶因风动而发出的天籁飘入耳间，枝叶缝里透射的闪闪阳光使人心明眼亮；内蕴深厚而笔墨简极之禅意美，让人感到画入仙境，霎时心境自然宁静而豁然开朗。转眼读到树下的石碑《古樟铭》，心境更是为之一振，充满温暖。铭曰：

　　余干乌泥有古樟两株，连理而生，大可十围，虬枝逸出，根系龙盘，冠如华盖，古有方士得天地正气。金

乌为日，泥之为地也，后必有圣贤出焉。村旁庠序有贫
家学子吴氏，尝于晨曦坐读树下，得天地精华，沾香樟
正气，后果为当代名臣，登入庙堂，官居"总宪"，名列
"九卿"，官声政德，心口同碑，证其言之非妄。有过客
询之乡人得悉其详，感其灵异勒石志之，以示过往，并
为铭曰：其山苍苍，其水泱泱，风顺帆正，继之以航，
古樟新枝，荫庇后人，百世其昌。

过客戊戌年仲春立

《古樟铭》言简意赅，愿天地正气，百世其昌。勒石者
署名过客，不知其为何人？其虔虔之心，殷殷之情却跃然
字里行间，为此处自然奇观平添人文景观；旨在教化世道人
心，敬畏历史，尊重先贤，风顺帆正，激励后进。

文中方士所言，亦真亦幻，亦虚亦实，可谓世说新语。
所谓风水灵异，并非迷信，我们也曾如"过客询之乡人得悉
其详"。此千年古樟，因地处特殊山水，不惧风雨，历沧桑
无尽，又得天地精华，自然拔地擎天；树下人众，观古樟风
景，心境积极向上，得古樟精神，人树性通，坚忍不拔，奋
发图强，终而人才辈出，一如古樟出类拔萃。战国有吴申官
至大司马，汉有吴芮，佐汉高祖定天下，封长沙王，均为此
地圣贤。

就在我们拜读《古樟铭》时，有乡人告诉，今年高考此
地又有两名余干中学毕业学生，以高考"状元"成绩，分别
被清华大学和北京大学录取，乡人大喜。消息传到北京，吴
官正夫妇亲自写信余干中学校长，以学长的身份向两学生表

示祝贺。乡人把网上流传的此信展示我们一读。

在乌泥千年古樟树下，读着这封老一辈对新一辈充满诗情画意、情真意切、寄托未来于无限祝福和期望的信件，顿时感到这千年古樟，"古樟新枝，荫庇后人，百世其昌"。古樟又平添了万千景象，无限风光。风景即心境，我们已无法形容此刻的激动心情。

（作者系中国作家协会会员，诗人）

印象鄱阳湖

诗　词

余干赋

枝叶园记

枝叶园老人歌

鄱阳湖二首

余 干 赋

缪俊杰

题下语

民族复兴中国梦，
大江南北春满园。
创业安居何处觅，
鄱阳湖畔选余干。

吴头楚尾，鄱阳湖畔，钟灵毓秀，风光无限。千年古县，美名余干。

余干之美，山水领先。河湖密布，一色水天。长堤直伸湖中，鄱阳风韵尽览。琵琶湖上，薄雾绵绵。大明湖中，碧波荡漾。一年四季，景色多变：春看碧草连天，夏望浩渺湖面，秋见芦花似雪，冬瞰候鸟盘旋。"水中熊猫"江豚，稀有动物可见。鸬鹚潜水捕鱼，渔民谋生手段。平畴一片稻香，余干辣椒名产。古色古香美景，旖旎自成天然。宋代名人十朋，赋诗倍加称赞："干越亭前晚风起，吹入鄱阳三百里。晚来一雨洗新秋，身在江东图画里。"江山如诗如画，今日美景依然！

余干之盛，名士光环。吴芮助刘定汉，封赏"长沙王"爵，芮公能文能武，被誉"第一人杰"。唐代诗人长卿，湖北随州刺史，辞官不回故里，迁来颐养天年。宋代赵氏汝愚，位居庙堂宰辅，为官清正廉明，深受平民称赞。明代开国君主，在此大战友谅，忠臣庙里演义，故事代代流传。理学盛行明代，治国安邦理念，王居仁成一宗，被称邑内雄才。今有寒门子弟，学而优则出仕，吴氏身居高位，心系乡土民间。历代将相名士，乡人常有美谈。

建县两千余年，人口已上百万。封建长期统治，历史蒙尘难言。民主革命声起，人民推倒三山。改革开放雷响，枯木逢雨春天。官民齐心合力，发展经济领先。统揽社会全局，脱贫致富攻坚。东山岭下县城，新楼栉比成片，霓虹灯光闪烁，"渺渺平沙"不见。乌泥镇上滩涂，改建成"枝叶园"，门前名人题刻，后院旧居展览。修起亭台池阁，茂林修竹满园，民众休闲之地，廉政基地名扬。秀美乡村建设，成绩斑斑呈现。玉亭镇上冕山，特色旅游出现。"干越八景"之地，古色村落新颜。汤源古村重建，文化提升行先，三清媚女领衔，树起文化标杆。

民族复兴中国梦，大江南北春满园。创业安居何处觅，鄱阳湖畔选余干。

（作者系人民日报社文艺部原副主任）

枝 叶 园 记

郑伯权

一枝一叶的情感，
贵民重如泰山。
爱民者民亦爱之，
亲民者民亦亲之。

余干。古称干越之地，滨处鄱湖，擅水乡明珠之誉。唐诗人刘长卿有《登余干古县城》之佳作传诵千古，山川钟秀，人文是蔚。建县近二千四百年，代有名人，薪火相继。秦汉交替之际，余干人吴芮率百越之长，景从义举，高祖定鼎，吴芮受长沙王之封，稽之史册为赣省第一人杰也；至宋有赵汝愚，状元出仕、官至宰辅，刚正立朝，为宗室柱石，后追封福王。至当世有吴官正，出生农家寒门，耕读自励、登杏坛于清华。为学则优，为官则正、则廉、则勤。改革肇始，官于武汉，居专城之职，三镇开放占风气之先，"汉水横冲"，帆送东风，争踞上游，屡有建树，遗爱棠荫。旋即移官江西，主政乡梓，献赤子之心，兴利除弊、富民强赣，

兢兢业业不敢稍有倦怠。后建双旌于历下，治礼仪之邦，润物无声，教化日隆，贵民重如泰山。爱民者民亦爱之，亲民者民亦亲之，试玉三日，不负七年之期，由是"瓯卜"得选，执掌乌台，纠察百官，整肃吏治。正道直行，唯纲纪之所依皈，护党纪国法以安社稷。至善知止，虚位让贤。退休后，吴氏家人难辞乡党故旧恳恳之请，修葺旧居，依老屋之侧小筑二楹，对庭前空地稍事拓展。傍屋种柳，沿垣植竹，凿池育莲，建亭其上。规制简约，则颇寓深意，名旧居为"枝叶园"。君侯情钟柳竹，其著述中即有《柳与竹之随想》一文。格物致知。柳性简易，只求一锸之土，一盎之水，落地生根，入土成荫。左公柳引东风度玉门而荫漠北；陶渊明居柳荫养淡泊之志；竹则劲节虚衷，吴公为政常吟诵板桥"一枝一叶总关情"诗句。听萧萧之声思民间疾苦，遂尽瘁于民事，竭公仆之所能。方塘之中，田田荷叶，擎雨之珠，晶莹玉润，彰濂溪之高洁。园庭之中一枝一叶，可歌、可咏、可风。名其庐曰"枝叶园"，不亦宜乎！待公归里，居停游憩于庭除之中，与乡邻父老、童稚之交，忧乐与共，同话桑麻，其志趣高远、旷达，孰可代乎！县城之北二十里有乌泥镇者，即"枝叶园"在焉。

　　愚有幸一游，观瞻仰止，不可无记。至于廊柱联语缀玉，堂奥义礼则非愚可妄议也。信笔涂鸦，非敢有沾于贞珉，其所冀在砖玉之引，俟后来者之高明，江右布衣志之。时在壬辰，冬月。

（原载 2013 年 3 月 18 日《文艺报》，作者自嘲：一介布衣）

枝叶园老人歌

天郊搜集整理

题下语

五湖烟景绘圆月，
磊落光明雁奔来。
赠与邻翁同品赏，
画长画短任人裁。

鄱湖旧日乌泥岸，如海冤深活路难。
老父一声官要正，少年从此梦狂澜。

牛背一横墙有耳，偷读墙内书声琅。
焚膏继晷书山路，锥股敢悬发上梁。

厚德才能载物行，清华弯月一船弓。
自强不息摧枯朽，学海泛舟气贯虹。

父老桑榆子远游，两情唯盼鹊桥逢。
门盈蔼店百家姓，海纳千川第一程。

雄狮飞腾世纪风，神州翼展有神功。
天公降下丹青手，科技凌云折桂宫。

打开龟蛇长江锁，百业涌潮大市庭。
黄鹤白云集万商，晴川锦簇绘丹青。

人杰地灵滕王阁，物华天宝井冈雄。
亲躬桑梓仆公日，绿水青山图画中。

母亲湖水哺人成，滴水涌泉报亦轻。
热血沸腾神国梦，五湖四海月光明。

蓬莱仙境仙缥缈，一岱一渤一圣人。
一览天下众官小，会当民贵泰山顶。

艳雨奢云亡国事，贪赃枉法雾霾空。
乌台力掌平民怨，斩除腐败护旗红。

暮别高寒水低流，静待亭口望春柳。
闲来笔炬燃心炬，笔走古今共国忧。

五湖烟景绘圆月，磊落光明雁奔来。
赠与邻翁同品赏，画长画短任人裁。

鄱阳湖二首

李春林

鄱阳湖的诗情画意，

令诗人心潮不已，

登山望水视野远去，

思古怀今留下短咏二题……

石 钟 山

月色船厅酒样浓，江湖环抱石山钟。
夜阑悠梦寻苏轼，五更秋声落画枕。
浪搏钟鸣今合古，风举帆鼓暑逾冬。
山牵云缆钟锚在，客过千年水万重。

鞋 山

天下无双鞋第一，蓬莱耸峙独峰仙。
日吞月吐观桑海，暮鼓晨钟落梦川。

相与水天同俯仰，会将月色盼双全。
兴亡迁变心无移，万古秋风卧大千。

（作者系诗人、作家、编审）

印象鄱阳湖

附　录

大有看头　大有想头　大有写头

别开生面的座谈会

鄱阳湖畔看"鸬鹚捕鱼"

大有看头　大有想头　大有写头

——鄱阳湖采风行纪实

朱昌勤

文化要接地气，

文化要有人气。

有地气有人气的文化，

才有生气有底气……

　　初冬十月，桂香时节。鄱阳湖大张胸襟，迎来了一批名扬四海的文化贵客。20 余名著名作家记者，于 2018 年 11 月中旬出席了鄱阳湖采风行活动。活动重点是：看余干，访余干，写余干。

　　文化要接地气。文化要有人气。有地气有人气的文化，才有生气有底气。作家、记者们风尘仆仆，不辞劳苦，深入湖宾乡镇，走访脱贫乡村，参观文化景区，并与余干县委、县政府的领导干部一起举行了座谈会。活动十分成功、十分圆满。大家情绪高涨，兴味深长。都说，这是一次开眼界、

得教益、受鼓舞的活动。有的作家、记者说：这是一次大有
看头、大有想头、大有写头的活动。著名评论家缪俊杰说，
这次活动大有文章可做。

　　"大有看头，大有想头，大有写头"、"大可文章可做"
的印象，首先是来自余干的时代风貌和发展现状。作家、记
者都注重直观感受。国务院新闻办原副主任杨正泉同志说：
"在我印象中，江西是一个很贫穷的地方。但今天走访了余
干县的几个乡镇乡村之后，我的看法完全变了。余干人民已
经温饱无忧，正在奋力实现小康梦。我觉得江西不是穷地
方。我感觉到江西的确是个好地方。从余干的发展现状看
来，我对江西的脱贫攻坚很有信心。余干一定会很快全面脱
贫。江西一定会很快全面脱贫。"著名作家、评论家王必胜
说，展示在我眼前的，都是时代的画卷。这是 40 年来改革
开放的一个真实写照，也是近些年来，建设新农村和脱贫攻
坚战的胜利成果。当然，还有很大的改善和提升的空间。我
相信，余干人民经过努力，一定会实现自己的"余干梦"，
一定会有自己美好的"余干故事"。

　　余干县是个出人才的地方。自古以来，余干出了不少有
才华、有才学、有才情、有才干的栋梁之材，甚至是邦国之
才。故人称余干为"第一人杰"的故里。古时有大司马吴申
和长沙王吴芮等。当代有中共中央政治局原常委、中纪委原
书记吴官正同志。作家记者们对余干的人文历史很感兴趣。
他们在参观乌泥镇枝叶园途中，看见一栋老房子，这是一栋
破旧的砖瓦平房，已历过百年风雨。从陪同人员口中知道，
这是吴官正同志的老家。中国作家协会副主席、著名作家陈

建功说：他早就知道，余干县是官正同志的故乡。这个地方他向往已久。他说，他读过官正同志许多文章。他的文章有政治高度、有思想亮度、有情感深度。他很有文才。作为党的高级干部，他有这样深厚的文化功底，值得我们尊敬、值得我们学习。著名作家、中国报告文学学会常务副会长李炳银同志说，我也读了吴官正同志很多作品。他写他的母亲的那篇散文很有感情很有文采，我深受感动，深受感染。大家在吴官正同志故居，还听到了他的一些故事。当听到吴官正

大明花海

同志因为忙于党务政务、父亲故后也未能回家尽孝之后，大家很受感动。全国优秀新闻工作者武家奉同志竖起大拇指说："这是最大的孝！"随后，他恭恭敬敬地站在吴官正同志老家门前，请随行记者为他留影纪念。

作家、记者们对余干的文化旅游建设的印象也十分深刻。枝叶园的寓意，江豚弯的奇观，三清媚的品位，以及新近建设的冠园和冕山的传说，都使作家、记者们流连忘返，大生感叹。一致认为，余干具有丰富的文化旅游资源，真是一个很有"看头"的文化旅游大县。曾受过联合国秘书长潘基文接见的世界旅游画报总编、国际旅游学者伍飞先生说：余干的文化旅游可以作大谋划，可以搞大动作，可以做大文章。它有水的优势，它有山的优势，它有历史文化的优势，它有时代特色的优势。他相信，凭借这些优势，余干的旅游文化、旅游事业、旅游经济一定会有黄金期。

作家记者们对余干的水产品和农家绿化食品也十分感兴趣。尤其是对含有多种营养素的余干辣椒赞不绝口。有位记者餐中吃过余干辣椒之后，很有兴味地笑着说："余干辣椒辣得有味道，余干辣椒吃了身体好。"

世界之大，唯文化无价，天长地久，唯文化不朽。作家记者们对余干的历史文化和民间文化尤其是当今文化教育印象十分深刻。他们在庙堂里，在神殿前，在校园旁，久久流连，思绪绵绵。古时朱元璋、陈友谅的忘命拼杀场景，当今考上清华、北大状元的奋发拼搏时光，眼下百姓实现小康的美好愿景，一一浮现在作家脑海里。

看余干，一个个场景在作家记者眼里如诗如画。

访余干，一个个故事听来都是老百姓的心里话。

写余干，一个个作家记者都将笔下生花。

行程紧，兴味高，感慨深。作家、记者们站在余干的百里长堤上，眺望着茫茫无际的"秋水共长天一色"的美景，久久不忍离去。

余干之美，美在哪？余干之美，美在文化。美在山水文化、美在历史文化、美在创新文化。真的大有看头大有想头大有写头。相信不出多少时日，作家记者们此行所见所闻，一定会涌现在他们的笔下。

（作者系南昌晚报、江南都市报社原总编辑）

别开生面的座谈会

史　俊　张向飞

余干的风貌叫人流连忘返，
余干人民的志向壮人肝胆，
亲切坦诚的交谈，
激励着余干在小康路上奋勇登攀。

2019 年 1 月 18 日，尽管门外春寒料峭，但在江西省余干宾馆东楼会议室却温暖如春，这里不时传来阵阵掌声。原来，"鄱阳湖采风行"座谈会正在这里热烈举行。

在座谈会上，中共余干县委书记胡伟首先代表县委、县政府对国务院新闻办原副主任杨正泉一行来到余干开展"鄱阳湖采风行"活动，表示热烈的欢迎和衷心的谢意，胡伟对余干的县情和当前的主要工作作了简单介绍。

从怀玉山奔流而下的信江水，冲积和孕育了鄱湖平原，也养育了世世代代的余干人。余干地处江西省东北部，信江下游，鄱阳湖东南岸，国土面积 2331 平方公里，辖 27 个乡镇场，总人口 106 万。公元前 221 年的秦朝置县，迄今已有

2200 多年的历史，是江西省 18 个古县之一，是当年朱元璋与陈友谅"鄱阳湖大战"主战场，"江西老表的传说"来源于此。这里孕育了"江西第一人杰"汉长沙王吴芮、宋丞相赵汝愚、明代深受毛泽东推崇的著名理学家胡居仁等一批治国安邦的雄才俊杰，又是第十六届中央政治局常委、中纪委书记吴官正同志的家乡。

余干水域面积 960 平方公里，是环鄱阳湖地区水域面积最大的县份，素称"鱼米之乡、候鸟天堂"。余干有康山忠臣庙和大明花海 2 个国家 4A 旅游景区，39 个秀美乡村，18 个 3A 乡村旅游景点。

余干，物产丰富，区位优势明显。距省会南昌仅 56 公里，被誉为"南昌后花园"，随着昌景黄高铁项目的动工，余干至南昌之 15 分钟车时。

余干盛产优质大米、芡实、藜蒿、丰收辣椒、凉粉等，还有乌鱼、鳜鱼、银鱼等各种特色水产，渔业资源非常丰富。

余干，山清水绿，生态环境极优。春有碧波银浪，夏有百里荷香，秋有鱼虾满仓，冬有万鸟齐翔。这里常年栖息着230多种鸟类，其中候鸟180多种，有超过200头的江豚在此嬉戏，是名副其实的"候鸟天堂"，微笑天使——江豚的乐土。余干秀美的风光，吸引着游人纷至沓来。在这里，可以康山怀古、李梅踏青、憩园品茶、琵琶泛舟、东山赏月、城北漫步、老城探幽，走走古埠中桥，看看乌泥古樟，听听饶河古调，尝尝风味小吃，品品贡品特产，有品不完的鄱湖风情和江南韵味。古往今来的不少文人骚客，经过或慕名前来这里探幽寻胜，啸山傲水，或唱或咏，逸闻绝句，长伴山水。南宋诗人王十朋在余干游玩时曾留下"干越亭前晚晚起，吹入鄱湖三百里。晚来一雨洗新秋，身在江东图画里"的优美诗句，由衷赞美这里的风光。

1月17日，国务院新闻办原副主任杨正泉率知名作家、学者来到余干开展鄱阳湖采风活动。

在潇潇春雨中，采风团一行先后来到江豚湾、枝叶园、余干忠臣庙景区、七〇河公园、杨埠镇汤源村、冕山市民公园参观。

一路走来，大家对余干丰富的历史文化、优美的生态环境、质朴的人文情意表现出浓厚的兴趣。浩渺的鄱阳湖是我国最大的淡水湖，被誉为中国"最后一湖清水"，是世界最大的候鸟保护区。余干拥有鄱阳湖水面的五分之一。鄱湖岸边，"泽国芳草碧，梅黄烟雨中"；三江口上，"水分三色出

钟山"。这里有"飞时不见云和月，落时不见湖边草"的候鸟景观，有'彭蠡湖暮山衔夕阳，归舟返棹沐霞光"的人间美景。在江豚湾，时隐时现的江豚确实给来客带来不少的惊喜，也为大家见证了余干优质的水生态环境；在枝叶园，"一枝一叶总关情"，大家受到了一次深刻的廉政文化的熏陶，从中感受到吴官正同志质朴的人文情怀；忠臣庙内、康山大堤上，大家听朱元璋大战陈友谅的历史传说，赏鄱阳湖和谐优美的田园风光，切身感受余干忠义文化、渔猎文化的魅力。

在汤源三清媚文学庄园，七〇河公园，大家看民宿、聊文学、尝美食、赠墨宝、感乡愁，对余干山清水秀、和谐优美的农村自然风光赞叹不已。

在冕山公园，瞻仰了吴芮像、参观了历史文化墙，感受了水乡的沧桑巨变，见证了余干农村面貌的华丽转身。

与会专家学者结合自己的所见所闻谈了个人切身体会。中国作家协会副主席陈建功在座谈会谈到："这次来到官正同志的家乡，参观了官正同志的旧居和枝叶园，我倍感亲切和非常激动，我曾经参加过学习吴官正同志《闲来笔潭》一书专题座谈会，体会很深。我是在接到《闲来笔潭》的当天一口气把它读完的。在这个座谈会上，我想就本书的文学特色谈几点感受。"

陈建功谈到：首先，这是一本展示真境界、真感情、真性情的书。吴官正出身贫寒，求学之路艰辛曲折，"岁月难忘"一辑，就展示了他从贫寒子弟成长为人民公仆的心路历程。少年吴官正调皮、自尊、坚韧、勤奋的形象跃然纸上，传神之笔时而令人忍俊不禁，时而又令人扼腕叹息。他也曾遭遇世态炎凉并由此励精图治，但他不怨不恨，更多的，是对亲人，对恩师，对朋友，对每一位帮助过自己的人，秉持永远的感激。他的回忆里，仿佛流淌着一条感恩的溪流，涓涓不息。自然，在人情中国，身居高位的人物，不可能不面对着"两难"的抉择。令人感动的是，《闲来笔潭》不仅直面了"忠孝不能两全"的痛苦，而且直面了"知恩难以为报"的矛盾。他说，说心里话，我对亲戚的困难很同情，但没为他们办过一件事，有时很矛盾，也很痛苦（《清明忆母亲》）。正因为作家对自己这种矛盾心情的坦诚，才愈见一个"好官"的境界，愈见一个"好人"的实在，也愈使本书具有巨大的道德和情感的冲击力。这种可圈可点的实例，随处可见。

其次，这是一本充满了哲理思考和人生感悟的书。素朴而机智的民间智慧、敏锐而深刻的人生体验、广博而深邃的知识（包括人文知识和科技知识）积累，它们的交织与融汇，使《闲来笔潭》不时闪现思想的火花和哲理的意蕴。深刻的哲思和独到的见解，或以随笔抒写，或以对话宣示，或以寓言隐喻，或以笔记阐发，或以小说投射。历史与现实，涉笔成趣；

吴官正随笔集《闲来笔潭》自 2013 年出版以来，深受读者喜爱，不断重印，2019 年由人民出版社推出精装简本

思考与才情，相得益彰。比如他由一组动物引发感慨（《野猫》、《可恶的蚊子》等），托言"老茗"而作问答（《有问有答》），自撰'语录'聊博一笑（《老谷的奇谈怪说》），等等，不胜枚举。特别是他"读书随感"一辑，谈天说地，连类古今，神游四海，叹绝时人。他文章中的哲理，并不故作深奥，而是以平实的、通俗的、风趣的方式呈现在我们面前。素朴和幽默，越发使精神的魅力、哲理的魅力发挥得淋漓尽致。

第三，本书读到最后几篇，我惊异地发现，吴官正同志原来竟是一个优秀的小说家。言其"优秀"，并非谬赞。比如《荒诞的梦》、《一撇的闲》等等，都是精短的小说佳作。特别是《荒诞的梦》，把"关公战秦琼"的荒诞化为艺术的神奇。再看看其他文章，文体虽然不一，但讲起一个人物，生动传神，说起一段故事，绘声绘色。随后我就发现，其实我的"惊异"是大惊小怪了。一个细节透露了重要的信息，那就是作者的文学才能，是经过长期的自觉的训练而养成的。如若不信，请看《今日春分》一文中，作者记道：早晨散步，老伴说："今年是你在北京度过的第十七个春天，今日是春分，你就把这小院中的植物写一下吧！"随后我们就读到了作者笔下"比着出风头"的蔷薇月季玫瑰，争当"领跑者"的丁香，"玉树临风独领风骚"的紫玉兰，"卖弄风情"的海棠……相信在作者的写作生涯中，这样的"功课"一定不少。不然何以展现如此敏锐的观察和如此纯熟的文字？作者不但善于拟人状物，而且善于捕捉"一石三鸟"的细节。在回忆自己的"求学之路"时，作者写到妻子向他母亲要些布票，想帮他买两件绒衣穿。母亲说："官正在毛主席身边，还会冷到他？如果是你要，我就给你。"寥寥数语，时代、个性乃至认知局限和婆媳关系，悉数呈现。当然，除此之外，《闲来笔潭》中丰富的修辞手段如幽默、反讽、自嘲等手法的运用，无不显示了文学的才华。

陈建功在座谈会上谈的对官正同志《闲来笔潭》一书的学习体会，引起了座谈双方的共鸣。

著名评论家、作家缪俊杰谈到："我也是江西人，几次想来余干走走看看，这次如愿能来到余干这片古老秀美的地方采风，目睹了余干发生的巨变，我真是感慨万千。"

中国报告文学学会常务副会长李炳银，著名作家、《人民文学》副主编徐坤，著名评论家、作家王必胜，著名作家、人民日报社文艺副刊主编董宏君，著名评论家、光明日报社文艺部主任彭程，著名记者、中国艺术报社文艺部主任金涛，中央人民广播电台高级记者苏建敏，教授宗连坚，世界旅游画报社总编伍飞，记者秦文晴，著名报告文学作家郑伯权，作家、高级记者朱昌勤，作家、书法家李春林，江西日报社《井冈山》主编柳易江等等纷纷发了言，大家对余干经济社会发展、优质的生态人文环境等表示了充分肯定。

风景这边独好。大家一致谈到：近年来，余干坚持生态立县，不断挖掘历史文化资源，大力保护生态环境。利用有利自然资源发展特色农业、生态农业，打好全国生态美食县、中国芡实之乡等绿色生态牌，深入开展"净水、净空、净土"及农村环境卫生整治行动，保护好余干的生态环境。充分挖掘历史文化资源，大力促进乡村旅游、景区建设与历史文化的融合发展，打造美丽乡村既注重干净整洁的面子更要在乎文化历史的里子，在景区旅游建设中，把鄱阳湖优美的自然风光与忠义文化、渔猎文化深度浓合，成功打造了大明花海、余干忠臣庙两个国家 4A 级景区令人深受鼓舞，全县旅游经济势头和优质的生态环境焕发出前所未有的活力和生机。通过走走看看，大家深深感叹，正是全县干部群众的努力奋斗，使得余干成了名副其实的"梦里水乡"。

江山如此多娇。走在余干，走进如诗如画的水乡，专家和学者们如同走进陶渊明笔下的桃花源，让人流连忘返，回味无穷……

就如何更好地宣传余干、推广余干提出了一些宝贵的建议，与会专家学者纷纷表示将用手中的笔为余干的发展和美好的明天加油鼓劲。

"这次我们来鄱阳湖采风，得到了余干县委、县政府的大力支持，下一步我们将利用手中的笔，把一个美丽无限、积极向上的余干对外宣传开来"。座谈会最后，国务院新闻办原副主任杨正泉作了热情洋溢的总结，并祝余干的明天更美好。

半天的座谈结束了，但大家言犹未尽……

好风凭借力，送我上青云。中国湖光山色最美县——余干县百万干部群众在党和人民政府领导下，将以此次"鄱阳湖采风行"为契机，正以铿锵的步伐，大踏步走在全面进入小康社会的金光大道上。

（史俊系中国作家协会会员、余干县文联主席；

张向飞系余干县委宣传部干事）

鄱阳湖畔看"鸬鹚捕鱼"

徐黎明

一个何等有趣的水上画面，
鄱阳湖上已演绎了几千年；
这宝贵的非遗文化，
必须让其世代相传。

秋风乍起，位于余江县中童镇与贵溪市鸿塘镇交界处的界牌航电水利工程边，每到傍晚，渔民带着鸬鹚划着竹筏，在水中央将竹竿一挥，发出指令，顿时十余只鸬鹚"哧溜"钻入水中。几分钟后，一只只鸬鹚衔着"战利品"浮出水面。

这是一个十分有趣的画面！

对于生活在水乡的人来说，鸬鹚捕鱼并不陌生，它是江南水乡的一道独特风景，也是人和自然和谐相处的完美展现。除了鄱阳湖，在信江、饶河、乐安河等水域，如今仍有少数渔民保持着鸬鹚捕鱼的方式，但这种古老习俗正面临着失传的危机。

鸬鹚捕鱼面临失传危机

　　鄱阳湖区渔民利用鸬鹚捕鱼的习俗，迄今已有几千年历史。在鄱阳县饶埠镇水域，渔民老詹还饲养着两只鸬鹚，枯水季来临，老詹修复了竹筏，带着鸬鹚下河捕鱼。可是，一天下来，收获并不多。

　　"20多年前，村里靠鸬鹚捕鱼的至少还有30多户，现在只剩下一两户了。"老詹说，渔民的收入不如外出务工，加上鸬鹚捕鱼是季节性的，渔民的后代也不愿意从事鸬鹚捕鱼的行当了。

　　往年的乐安河，鸬鹚捕鱼司空见惯，就像农民种田那样平常。在乐平市接渡镇，如今只剩下一户鸬鹚捕鱼的渔民了。

　　2017年6月20日，"中国·鄱阳湖开湖民俗文化旅游节"

在余干县康山码头开幕，游客们见到了鸬鹚捕鱼的场景，虽然只是一场"表演"，却勾起了许多游子们的乡愁。

余干县地势平坦低洼，湖泊众多，港汊纵横，有着悠久的渔业生产历史。在该县，鸬鹚捕鱼一直是当地内河渔民主要的捕鱼方式之一。"现在捕鱼用的鸬鹚，都是从外省买来的，本地鸬鹚非常少了。"瑞洪镇渔民老张说。

余干有 6 乡镇渔民坚守

"鸬鹚捕鱼的情景在余干县 6 个乡镇还能看到。目前还有200 余户饲养鸬鹚的渔民，少的养了几只，多的20 余只。"余干县文化馆馆长徐宏志介绍，但大多数为季节性捕鱼，常年靠鸬鹚捕鱼的渔民实际上不到 10 户。

徐宏志分析，喂养鸬鹚捕鱼劳动强度大，程序复杂，很多年轻人不愿意传承。加上前些年江河水质恶化，渔业资源日益锐减，无法保证渔民的生产所求，鸬鹚捕鱼文化资源日渐衰减。另外，现代的捕捞手段让传统渔业生产习惯相形见绌，鸬鹚捕鱼无形中成为自然淘汰之列。

如今，在余干县的康山、大塘、山塘、瑞洪、枫港、鹭鸶港等乡镇，还有鸬鹚捕鱼的景象。特别是枫港乡，当地鸬鹚捕鱼的第七代传人付红彬，从事鸬鹚捕鱼的经历时间很长，而且技艺很好。

2010 年 6 月，鄱阳湖鸬鹚捕鱼的习俗被列入江西省第三批非物质文化遗产名录，是当时的余干县第一个省级非物质文化遗产。

非遗文化，决不可失传啊！必须采取补救的措施啊！

不让"渔舟唱晚"成鄱阳湖绝唱

拥有信江和鄱阳湖等丰富水域资源的余干县，多年来一直致力于鸬鹚捕鱼文化的抢救、挖掘、传承和保护。

《余干县志》记载：鸬鹚"啄锐而长。颈能伸缩，喜啄鱼。瑞江一带渔户视作家畜。渔人勒颈取鱼，百不失一"。鸬鹚捕鱼在当地富含文化内涵，至今还有不少和鸬鹚捕鱼习俗有关的谚语、故事、渔歌，在余干渔村传颂不衰。

徐宏志说，近年来，余干县每年举办开港节，通过挖掘非遗"开港"渔俗特点，以开湖节活动为平台，展示该县深厚的历史积淀和丰富的渔风渔俗。如今，渔猎文化和乡村旅游相互促进的模式正发挥作用。

此外，余干县民间还成立了非物质文化遗产保护协会，致力抢救挖掘、整理这一历经千年沧桑濒临绝迹的民间渔业文化，以保证该项非物质文化遗产及其成果得到保护、传承和发展。

　　"这几年，我们一直在努力，希望将鸬鹚捕鱼这一渔猎文化申报为国家级。"徐宏志说，今后，不但让鸬鹚捕鱼成为渔民的生财之道，还要带动当地旅游业的发展，不让这一"渔舟唱晚"的水乡特色习俗成为鄱阳湖的绝唱。

　　　　　　　　　　　（作者系江西日报社主任记者）

后 记

这部著作中所收选的诗文，除少数几篇为鄱阳湖采风行活动前的作品外，皆为出席采风行的作家和记者的特撰作品。书中所载图片，系周志农、许南平、余会功等同志提供。这部著作编辑过程中，余干县有关部门给予了热情支持。人民出版社总编室主任张振明和责任编辑叶鹏、责任校对吕飞等同志，为本书出版付出了辛勤劳动。谨此一并表示感谢。

限于水平之故，书中难免存在欠缺。诚盼读者指教。

编　者
2019 年 12 月

组　　稿：张振明

责任编辑：叶　鹏

图片提供：周志农　许南京　余会功　等

责任校对：吕　飞

装帧设计：石笑梦

图书在版编目（CIP）数据

印象鄱阳湖／陈建功等 著 . —北京：人民出版社，2020.7

ISBN 978 - 7 - 01 - 022277 - 6

I. ①印… II. ①陈… III. ①中国文学 - 当代文学 - 作品综合集

　IV. ① I217.1

中国版本图书馆 CIP 数据核字（2020）第 115395 号

印象鄱阳湖
YINXIANG POYANGHU

陈建功　缪俊杰　王必胜　等著

人 民 出 版 社 出版发行

（1C0706　北京市东城区隆福寺街 99 号）

北京新华印刷有限公司印刷　新华书店经销

2020 年 7 月第 1 版　2020 年 7 月北京第 1 次印刷

开本：880 毫米 × 1230 毫米 1/32　印张：5.25

字数：103 千字

ISBN 978 - 7 - 01 - 022277 - 6　定价：39.00 元

邮购地址 100706　北京市东城区隆福寺街 99 号

人民东方图书销售中心　电话（010）65250042　65289539